平凡社新書
823

漱石と煎茶

小川後楽
OGAWA KOURAKU

HEIBONSHA

漱石と煎茶●目次

II 「煎茶」精神の歴史 …………… 65

III 漱石の生涯、学問、思想

序章

『草枕』を愛する二人

アニメ作家、漫画家であり、世界的な映画監督の宮崎駿《はやお》氏がこう言っているのを読んだことがある。

「いずれにしましてもぼく、『草枕』が大好きで、飛行機に乗らなきゃいけないときは必ずあれを持っていくんです。どこからでも読めるところも好きなんです。終わりまで行ったら、また適当なところを開いて読んでりゃいい。ぼくはほんとうに、『草枕』ばかり読んでいる人間かもしれません（笑）」（『半藤一利と宮崎駿の腰抜け愛国談義』）。

さらに、最後の長編アニメーション作品とされる『風立ちぬ』に、『草枕』の舞台となった熊本小天《おあま》の漱石が過ごした部屋が、そのままモデルとなって登場するのであるから、なみの打ち込みようではない。

「『草枕』の舞台となった熊本の小天温泉に出かけて行った話を前回しましたが、漱石が泊まった前田家別邸の離れを見たときに「あ、これはいつか使える。覚えておこう」と思ったんです。黒川邸の離れはあそこがモデルなんです」と語っている。

もう一人、「二十世紀で最もユニークな天才ピアニスト」、カナダのグレン・グールド（一九三二—八二）が、漱石の『草枕』を「二十世紀の小説の最高傑作の一つ」と評価し、死に至るまで手元に置いて愛読していた」ことを、横田庄一郎『「草枕」変奏曲——夏目漱石とグレン・グールド』という本で知った。千五百冊もの蔵書があったグールドの「トロントの自宅のベッドのそばからは」たった二冊の本が見つかったという。「手元に置いて」あったのは、「ぼろぼろになった聖書とともに」「書き込みをした夏目漱石の『草枕』だった」（同前）。

これから、その『草枕』を通じて、新しい、過激な、漱石像に迫ってみたい。

*夏目漱石の文章の引用は平成五年版『漱石全集』（岩波書店）よりおこない、適宜、巻数と頁数を記した。ただし、仮名遣いは現代仮名遣いに直し、振り仮名を加えた。また、句読点のない文章に、句読点を加えた。漱石以外の文章についても同様。

知っているつもりの漱石

明治三十八年（一九〇五）、俳人・小説家の高浜虚子《きよし》（一八七四—一九五九）が主宰する俳句雑誌『ホトトギス』に、東京帝国大学英文科講師の身分で、漱石は『吾輩は猫である』（以後『猫』と表記）を書く。掲載されるや否や、多くの読者の注目を集め、漱石の名は爆発的な勢いで広がり、文筆界での大きな地位を獲得する。さらに翌年の『坊っちゃん』によって、文芸界における漱石の人気、評価は確定的なものとなる。漱石の門下生森田草平（一八八一―一九四九）も、「この二作は暴風のような勢いで世の中に迎えられた。その凄《すさ》まじい勢いにも目を眸《みは》った」（『夏目漱石』）と、当時の様子を回想している。二作は漱石の代表作として今日に至り、教養のある人士が、「読んだことはない」などとは、とても人前では言えないような精神的風土が出来上がっている。口語体で展開される軽妙な諧謔《ユーモア》と、現実と非現実の世界への奇妙な誘《いざな》いの力が、年少者をも虜《とりこ》にする力を持っていた。題名の親しみやすさもあったのだろう、私たちはこの二作を、いつしか自分の愛読書に数え上げ、漱石は面白いとか、彼の作品は現代に通じている、などと口にしてにわか評論家になり、さらには年少のころに読んだだけなのに、すでに漱石文学を卒業した気分にすらなっている。そして文豪夏目漱石は、いつしか十分に「周知」の人として、頭の押し入れに納まっていた。

本書を書くにあたり、おそらくは半世紀以上と思われる歳月を経て、あらためて漱石の作品を読みなおしてみた。そして彼の世界を、『草枕』はもとより、いかに何も理解しないままに「知っている」つもりでいたかに強い衝撃を受け、愕然、言葉を失った。この齢《とし》を迎え、突然覚醒させられることになったのである。例えば、正直に告白すると、『猫』の結末すら私の記憶には留まっていなかった。じつは出版当時も、どれだけの人が、『猫』

を最後まで読んでいただろうか、との噂があったという。

猫の死

本書の企画が頭にのぼり、各地の講演や大学の講座などで漱石の話をすることが多くなったころ、『猫』を確かに読んだと答えた人に、重ねて「その結末は？」と質問をすることがしばらく続いた。が、正しい答えが返ってきたのは、二割にも満たなかった。私と同じように、読んだことは間違いないのだが、さてその最後は、と頭をひねる人がほとんどで、答えた人も、「たしか死んだのでは……」といった曖昧さのうちにいる。じつは、その終章は、「吾輩」が、飲み残しのビールを飲んで酩酊し、水甕のなかに転落して水死するというものである。

じつはこの猫の死は、漱石論者の間でもいろいろと意見の交わされるところのようだ。「必要の生じないかぎりふたたび読む気のない作品のうちに分類することを、この作品は僕にそそのかすのである」と、『猫』に対して厳しい評価を与えている評論家の寺田透（一九一五―九五）は、しかし「作中もっとも冴えているのは結末の猫の水死だと言わねばならぬ」（「新漱石全集即時」、平成五年版漱石全集月報）と書いていた。同じ月報で小説家・エッセイストの金井美恵子氏は、猫は、「多々良の手土産のビールを飲んで吾輩は水がめのなかで「水の中に居るのだか、座敷の上に居るのだか判然しない」「只楽である。否楽そのものすらも感じ得ない」状態で死ぬ」と、その最後を取り上げているのだが、寺田は、その溺死する場面を「冴えている」と評したのである。道元などを論じ禅に関心を寄せていた寺田透らしい見方で、「自死と言っていいその臨終に、南無阿弥陀仏と称《とな》えさせた漱石は、そのことによりかえってその無信仰、非仏教を標榜したと読んでいいのではないか」と、漱石の宗教観を、猫の死の場面から読み取ろうとする。いっぽう金井美恵子氏は、なにより愛猫家ということもあり、「今でも、この唐突な死による終わり方には何となく違和感を持たずにはいられない」と不満を述べている。

ところで寺田は、いま述べたとおり、平成五年版の『漱石全集』（以後『全集』と表記）第一号の「月報」、しかも巻頭を飾る論考「新漱石全集即時」で『猫』を採り上げ、「感心させられる点はたしかにありはするものの、感服や魅惑を強いるまでにはなんとしても行かず」と書いて、読者の意表を突く。さらに「当代日本文明の病弊あるいは錯誤を人間に代って論じたりするくだりは、かえって重苦しく、大幅削減の下心を目覚めさせる」と断固として切り捨てる。長期にわたって国民的人気を博している名作に、厳しい批判を浴びせた。

原稿を手にして月報の編集者は驚いたに違いない。私も正直、冒頭からこう決めつけられては手も足も出ず前に進めない。というのは、かつて寺田透は「近代の日本文学のなかでかれほど正しい意味で倫理的な作家はいません。かれは苦しみながらおのれの生き方を求めるひとびとをその作品にえがき且僕らにそういう生き方を教えます」と、私自身も強く共感できる見解を示していたからである。またフランスの作家バルザックと並べて、「読めば読むほど個体的でありつつ国民的な確乎たる意味を摑ませてくれる作家です」との賛辞をも送っていた。ただ、バルザックは「歴史と社会の方へ」の導き手であるのに対して、漱石は「もっぱら個我の問題」を通しての「生き方」を教える役割を担う導き手という方向で捉えられていた（「漱石の我」）。

しかし私は、寺田透に「重苦しく、大幅削減の下心」を目覚めさせた、まさに「当代日本文明の病弊あるいは錯誤」に立ち向かう漱石を、本書でこれから取り上げたいと思っている。寺田自身の内面の問題として漱石は、「個我」を考えるうえでの焦点だったのだろうが、寺田の内面に別の光が当たりだしたとき、「ふたたび読む気のない作品」になり、漱石はもう卒業ということになっていた。しかし、寺田がバルザックにしか見なかった「歴史と社会の方へ」の導きは、じつは漱石の文学に確かなものとして存在している、と私は考える。厚顔無恥の謗《そし》りを恐れず言えば、私の作業は、あるいはそのあたりの発掘ということになるのだろう。

ところで『猫』の死だが、寺田、金井の二人は、ともに「吾輩」の、まさに最後の重要な台詞《セリフ》への注意を欠いているように思えてならない。私はこのたび『猫』を再読して、漱石の世界の謎が、まさしく氷解する思いだった。『猫』は、

日月《じつげつ》を切り落し、天地を粉韲《ふんせい》［粉みじんに］して不可思議の太平に入る。吾輩は死ぬ。死んでこの太平を得る。太平は死ななければ得られぬ。南無阿弥陀仏南無阿弥陀仏。難有《ありがた》い難有い。（1/568）

と呪文を唱えながらこの世を去る。それは、漱石の内面を明かす、というよりもその本質がこめられた独白《モノローグ》と言ってもよい。単純と言えば単純だが、この「太平」の文字にこそ、漱石の思想の根幹が秘められていると思う。漱石自身、「世間には諷語《ふうご》と云うがある。諷語は皆表裏《ひょうり》二面の意義を有して居る。先生を馬鹿の別号に用い、大将を匹夫《ひっぷ》の渾名《あだな》に使うのは誰も心得て居よう」（『趣味の遺伝』、2/218）と言うように、その作品に多用される「太平」は、額面どおりのものではない。「表面の意味が強ければ強い程、裏側の含蓄も漸《ようや》く深くなる。御辞儀《おじぎ》一つで人を愚弄《ぐろう》するよりは、履物《はきもの》を揃《そろ》えて人を揶揄《やゆ》する方が深刻ではないか。この心理を一歩開拓して考えて見る。吾々が使用する大抵の命題は反対の意味に解

釈が出来る事となろう」（同前）。

滑稽と諷刺

漱石門弟の小宮豊隆（一八八四—一九六六）は、「『猫』を書いて有名になった事で、先生は随分損をした。なぜなら、当時の世間の多くは、『猫』の笑いを笑い丈《だけ》として歓迎して、その奥に蔵されている先生の血と涙とを少しも読みとる事がなかったからである。そうして先生を、真面目な問題をも不真面目に受けとって了《しま》う滑稽作家として、先ず折紙をつけて了ったからである」（『道草』月報）と書いていた。しかし、本当にそうだったのか。「真面目な問題をも不真面目《しんめんぼく》に受けとって了う滑稽作家」としての姿のみが、多くの読者に漱石の真面目として捉えられていたならば、漱石の命脈は、とても今日にまで生き延びなかったに違いない。なにより漱石は真顔で、「滑稽の裏には真面目《まじめ》がくっついている」（『趣味の遺伝』）と断言していた。

当時の『東京朝日新聞』の月曜文壇欄に、グレー・マルキンの名で掲載された評論は、小宮的な見方に対抗する代表的なものとして、識者の間でも評判になった。「『猫』は決してユーモリストの作では無い、寧《むし》ろサチリスト［satirist, 風刺家、皮肉屋］の作である、さらに進めて言えばスケプチック［skeptic, 懐疑論者、無神論者］の作である、言い得可《えべ》くんば深刻悲痛なユーモアである」と。「そのユーモアは、人の精神に自由を与うる種類でない、訴うる所が感情でなく智力である。犀利《さいり》なる洞察から来る風刺である、従って読者は吹き出しかけても直ぐに真面目になる、自然と考えさせられる、其飄軽《ひょうきん》な洒脱な言句の裏面には、至る処に薄気味の悪いサゼスション［suggestion, 暗示、示唆］が潜んでいる」と、『猫』の作意の本質を鋭く見抜いていた。

このグレー・マルキンなる人物は、一時、二葉亭四迷（一八六四―一九〇九）ではないか、という疑いが持たれたが、後年、漱石門下生の坂元雪鳥《せっちょう》（一八七九―一九三八）が名乗り出た。グレー・マルキンこと雪鳥はさらに言う。「要するに『猫』は大胆な作である、現代一部の暗潮を臆面なく描き出した気味の悪い作である」、「諧謔諷刺の間に現代を罵倒し、揶揄《やゆ》したのが猫である、是《これ》を唯《ただ》面白い可笑《おか》しいと読む者は、後指さされて知らぬお目出度《めでた》屋《や》の隊長」であると、歯に衣《きぬ》を着せぬ物言いで、楽観的で皮相な読者を断罪してもいる。漱石の生きた時代、天下に向かって、「太平」の世のありようについて論じ、自らの意志を述べることが、いかに困難なことであったか。

和辻哲郎の『偶像再興』は、その漱石の「大胆」さや「薄気味の悪」さを、より分かりやすい形で伝えている。「『猫』は先生の全創作中最も露骨に情熱を現わしたものである。それだけにまた濃厚な諧謔《かいぎゃく》を以て全体を包まなければならなかった。この作はおそらく先生の全生涯中最も道義的癇癪《かんしゃく》の猛烈であった時代に書かれたものであろう。念入りに重ねられた諧謔の衣の下からは、世間の利己主義の不正に対する火のような憤怒《ふんぬ》と、徳義的背景を持った人間に対する溢れるような同情とがのぞいている」と。

私たちの知る沈着な学者和辻哲郎とは思えない感情的な口吻《こうふん》ながら、きわめて正鵠《せいこく》を射た評を下している。漱石没後八日目という、感情的な高ぶり、悲しみのなかで綴られたことを斟酌すべきだろうが、しかし漱石に寄せる愛と信頼に満ちた文章には、小宮が指摘したような、「不真面目」に受けとめられる、単なる「滑稽作家」を見る目線などはない。描き出されているのは優れた思想家の姿である。当時の多くの識者は、間違いなく「念入りに重ねられた諧謔の衣の下」の漱石を覗き見ていたはずである。

「太平」と「癇癪」

「太平」の語は、「日月《じつげつ》を切り落し、天地を粉韲《ふんせい》して不可思議の太平に入る」という「吾輩」の断末魔の呟きだけで終わるものではなかった。漱石最後の未完の小説『明暗』に至るまで、その作品中に登場する「太平」の文字は、数えればあまりにも多い。しかし、『猫』で最初に「太平」の文字が使われた背景には、和辻が漱石追悼の文中で語っていたように、「道義的癇癪」「世間の利己主義の不正に対する火のような憤怒」、そして「徳義的背景を持った人間に対する溢れるような同情」があった。こうした感情、徳義は漱石の生涯に一貫しているもので、漱石の思想の根幹を解く鍵となる語と言ってもよい。

「要するに主人も寒月も迷亭も太平《たいへい》の逸民《いつみん》で、彼等は糸瓜《へちま》の如く風に吹かれて超然と澄《すま》し切って居る様なものの」と、『猫』の世界では書かれていたが、現実の日本は日露戦争の最中《さなか》、満州の荒野では激戦が繰り広げられ、世界戦争史上でも稀とされる規模の奉天《ほうてん》大会戦が戦われていた。日本軍は肉弾戦による総攻撃を決行し、七万人という死傷者を出している。漱石はこの現実を前に、決して「超然と澄《すま》し切って」世を嘲笑し、無視していたわけではない。この「非太平」の世に立ち向かい、「彼等が平常罵倒して居る俗骨共《ぞくこつども》」(『猫』)と戦う最も有効な対抗手段として選択したのが、諧謔と諷刺だった。戦争や厳しい社会問題などどこ吹く風という、苦沙弥先生の家に屯《たむろ》する太平の逸民たちとは、まさに正反対の位置に、仮面を外した本来の漱石はいた、と私は考える。

『草枕』もそうだが、それに先立つ『趣味の遺伝』や、以降の『二百十日』『野分』等の作品から、漱石が積極的に社会に立ち向かう姿を見ないとするならば、いったい何を読み取ればよいのだろう。例えば、『野分』の登場人物の名前は「白川道也《どうや》」で、この「道也」という名からして意味ありげだが、その道也先生に、漱石はこう熱く語らせている。

社会は修羅場《しゅらじょう》である。文明の社会は血を見ぬ修羅場である。四十年前《ぜん》の志士は生死の間《かん》に出入《しゅつにゅう》して維新の大業を成就した。諸君の冒《おか》すべき危険は彼等の危険より恐ろしいかも知れぬ。血を見ぬ修羅場は砲声剣光《ほうせいけんこう》の修羅場よりも、より深刻に、より悲惨である。諸君は覚悟をせねばならぬ。勤王の志士以上の覚悟をせねばならぬ。斃《たお》るる覚悟をせねばならぬ。太平の天地だと安心して、拱手《きょうしゅ》して成功を冀《こいねが》う輩は、行くべき道に躓《つまづ》いて非業《ひごう》に死したる失敗の児《じ》よりも、人間の価値は遥《はる》かに乏《とぼ》しいのである。

（『野分』、3/433-34）

漱石は、現実社会に、安閑として、あるいは高踏的に生きていたわけでは決してない。

I 『草枕』と煎茶

1 『草枕』を読み直す

「煎茶」からの接近

従来の夏目漱石論に左右されることなく、一切の先入観を払い去り、いま一度、漱石の作品と資料を直接読み直そう、多くの者が見落とし、無視し、時には故意に忌避《きひ》しているのでは、との疑念を抱かせる部分に光を当て、「周知」のものではない、新たな漱石像に迫りたい――、明らかに無謀な野心が、ある日忽然《こつぜん》と老体の身に燃え上がった。

しかし、世に漱石論は汗牛充棟《かんぎゅうじゅうとう》、すでに漱石自身が四十一歳の頃、作品を発表しはじめてまだ三年ほどしかたたないときに、「先達中《せんだつてちゅう》より大分漱石論が出で申候。もう沢山に候」（明治四十一年二月四日付、滝田樗陰宛、23/168）と辟易《へきえき》している。その漱石にさらなる嫌がらせをして申し訳ないが、一方で漱石は続いて、「出来得《う》べくんば百年後に第二の漱石が出て第一の漱石を評してくれればよいとのみ思い居《お》り候」との言葉も残していた。奇しき縁と言おうか、気がついたら漱石没後百年という記念の年を前に、私は「兇暴な衝動」に駆られ、漱石にとり憑かれていた。もちろん、天地逆転の事態が起こっても、私が「第二の漱石」になることはありえないが。

煎茶、それも日常の煎茶とは異なる文雅な「煎茶」の視座から知られざる漱石を掘り起こしたい、というのが私の野心だが、「漱石と「煎茶」」という視角からの研究はこれまでほとんどない。唯一目にした文章は、私と同じ煎茶研究の立場にある、船阪富美子氏の『『草枕』の「煎茶」――その文人趣味の世界」(『アジア遊学』八八号)である。ほかに、緑茶そのものに触れるかたちで、角替茂二《つのがえしげじ》氏が、「お茶と文学者」を、静岡茶業組合の月刊誌『茶』に連載、その一回目に夏目漱石を取り上げ、「煎茶をウマイと思って喫《の》む」との副題を添えている。漱石の作品の中の茶に触れた記述を紹介し、解説するものである。いずれも、私の言おうとする煎茶精神や漱石の思想に迫るものではなかった。

両氏の文章でも取り上げられているように、漱石の『草枕』の一節に、茶事「煎茶」を微細に描いた箇所がある。煎茶の文化史に多年時間を費やしてきただけに、私も描写自体はもちろん熟知していた。それどころか、煎茶文化を語るたびに、鬼の首でも取ったように、漱石の名文を朗読し、著書にも幾度も引用してきた。しかし近年、「煎茶」の精神・思想と政治との絡みが気になりだしてから、ふと漱石の世界で、なぜ『草枕』に突如として「煎茶」が登場し、茶の湯が手厳しく批判されているのか、その真意について強い疑問が湧き上がってきた。

漱石の傑作に数えられる『草枕』、しかし私にとっては、遠い青春時代の乱読の一冊に終わっていた。時代を先取りした近代的な女性と主人公との、微妙な男女の心の襞《ひだ》を描いた小説、といった読後感が記憶にとどまるばかりだった。若かったとの言い訳つきで白状すれば、主人公が温泉に浸かっているところに女主人公《ヒロイン》の那美が入ってくる、その妖艶な情景ばかりが印象の大きな部分を占めていた。『猫』の終末の具体的な様子が脳裏から消え去っていたと同じように、『草枕』も浅薄な読書体験に終わっていたのである。しかし、『草枕』の名を口にし、人前で話す以上は、せめてもう一度頭から読み直すのが私に課せられた最低限の義務では、と殊勝にも考えるに至った。そこで、半世紀ぶりに精読してみて驚愕、興奮の坩堝《るつぼ》に陥った。これはまさしく、多年日中の茶の文化史に頭を突っ込んで以来、ずっと追いつづけている「煎茶」そのものが主題ではないかと。わずか一頁《ページ》の喫茶場面を受講者に紹介するためだけに、いつも傍らにあった『草枕』だが、まさに「灯台下暗《もと》し！」だった。『草枕』は、まさに煎茶の視座から読みなおしたとき、煎茶精神の深奥を見事に捉え、各所にさりげなく触れている作品である。その巧みさには驚嘆させられる。

「人生《ライフ》其のものからして、ツマリは技巧なのであります。況んや其の人間の作物たる文学に、技巧を排する抔《など》と云うことは、到底謂われの無いことになりましょう」（「俳句と外国文学」、25/88)と、『草枕』執筆以前に書いていた。つまり、この『草枕』に隠された技巧の数々を読み解く中で、漱石の理想、思想がより明瞭に浮かび上がってくるように思う。

『草枕』のおさらい

山路《やまみち》を登りながら、こう考えた。

智《ち》に働けば角《かど》が立つ。情《じょう》に棹《さお》させば流される。意地を通《とお》せば窮屈《きゅうくつ》だ。兎角《とかく》に人の世は住みにくい。


この冒頭の一文は、確か中学生の頃に諳《そら》んじさせられた記憶がある。また、多くの人の記憶に刷り込まれているだろう。それでもまた、『草枕』も分かったつもりになっているが、ではどういう作品だったかと考えてみると、意外に思い出せない。続いて、

住みにくさが高じると、安い所へ引き越したくなる。どこへ越しても住みにくいと悟った時、詩が生れて、画が出来る。

人の世を作ったものは神でもなければ鬼でもない。矢張り向う三軒両隣《りょうどな》りにちらちらする唯《ただ》の人である。唯の人が作った人の世が住みにくいからとて、越す国はあるま

い。あれば人でなしの国へ行く許《ばか》りだ。人でなしの国は人の世よりも猶《なお》住みにくかろう。

越す事のならぬ世が住みにくければ、住みにくい所をどれほどか、寛容《くつろげ》て、束《つか》の間《ま》の命を、束の間でも住みよくせねばならぬ。ここに詩人という天職《てんしょく》が出来て、ここに画家という使命が降《くだ》る。あらゆる芸術の士は人の世を長閑《のどか》にし、人の心を豊かにするが故《ゆえ》に尊《たっ》とい。(3/3)

こういう意見を標榜する「画工」の「余」が、この小説の主人公である。「余」は、春の山道を登って湯治場「那古井」に行き、「非人情」を旨として詩をひねり絵をたくもうとする。

主人公の画工がいかに「非人情」でもってことがらを見ようとしているか、たとえば画工が湯舟につかっていると裸の女が現れたときもこうだ。

漲《みな》ぎり渡る湯烟《ゆけむり》の、やわらかな光線を一分子毎《ごと》に含んで、薄紅の暖かに見える奥に、漾《ただよ》わす黒髪を雲とながして、あらん限りの背丈《せたけ》を、すらりと伸《の》した女の姿を見た時は、礼儀の、作法《さほう》の、風紀《ふうき》のと云う感じは悉《ことごと》く、わが脳裏《のうり》を去って、只ひたすらに、うつ

くしい画題を見出し得たとのみ思った。　（3/89-90）

そして原題の西洋の裸体画がどこか下品だと感じていた理由を思いつく。「肉を蔽えばうつくしきものが隠れる。かくさねば卑しくなる。今の世の裸体画と云うは只かくさぬと云う卑しさに、技巧を留《とど》めて居らぬ。衣《ころも》を奪いたる姿を、其儘《そのまま》に写すだけにては、物足らぬと見えて、飽《あ》く迄も裸体《はだか》を、衣冠の世に押し出そうとする」「うつくしきものを、弥《いや》が上に、うつくしくせんと焦《あ》せるとき、うつくしきものは却《かえ》って其度《ど》を減ずるが例である。人事に就《つ》いても満は損を招くとの諺《ことわざ》はこれがためである」などと考えながら、画工は現れ出た、「始めより着るべき服も、振るべき袖も、あるものと知らざる神代《かみよ》の姿を雲のなかに呼び起したるがごとく自然」な女の裸体をこんなふうに観察するのである。

> 頸筋《くびすじ》を軽《かろ》く内輪に、双方から責めて、苦もなく肩の方へなだれ落ちた線が、豊かに、丸く折れて、流るる末は五本の指と分《わか》れるのであろう。ふっくらと浮く二つの乳の下には、しばし引く波が、又滑《なめ》らかに盛り返して下腹の張りを安らかに見せる。張る勢《いきおい》を後《うし》ろへ抜いて、勢の尽くるあたりから、分れた肉が、平衡を保つ為めに少しく前に傾《かたむ》く。［中略］

しかも此姿《この》は普通の裸体のごとく露骨に、余が眼の前に突きつけられては居らぬ。凡て《すべ》のものを幽玄に化する一種の霊氛《れいふん》のなかに髣髴《ほうふつ》として、十分の美を奥床《おくゆか》しくもほのめかしているに過ぎぬ。片鱗《へんりん》を潑墨淋漓《はつぼくりんり》の間《あいだ》に点じて、虬龍《きゅうりょう》の怪《かい》を、楮毫《ちょごう》の外《ほか》に想像せしむるが如く、芸術的に観じて申し分のない、空気と、あたたかみと、冥邈《めいばく》なる調子とを具《そな》えている。

(3/91-92)

画工たる「余」はかく「非人情」である。

『草枕』はこのように、漢文脈の絢爛たる言葉づかいで、和漢洋の教養を開陳する「非人情」の芸術論がいたるところで展開され、また、みごとな自然描写が織りなされる。が、それをおいて「余」にかかわって起こる事柄だけを章ごとに取り出せば、物語はこんなふうな筋をたどる。

一　「余」が山道を歩いていると雨が降ってきたので、ちょうど現れた馬子に休むところを聞き、十五丁先に茶屋があると教えられる。

二　茶屋で婆さんから、那古井の宿として「志保田《しほだ》」の家を教えられ、そこの「嬢様」が、馬子の源兵衛の引く馬の背に乗って、裾模様の振袖に高島田の姿で城下に嫁入りしたこと、しかし出戻ったこと、嬢様が「長良の乙女」に似ていることを（その乙女を詠んだ歌とともに）教えられる。

三　宿に着くと、他は掃除をしていないからと、家の者が普段使っているという部屋に通される。部屋には書の額があり、「大徹」の落款が押されている。夢を見て起きると障子の外に声が聞こえ、それは長良の乙女の歌だった。障子を開けると向こうに影法師が見え、動いて建物の陰に消えた。再び寝入っていると唐紙が開き、入ってきた女が部屋の戸棚を開けて閉め、部屋を出ていく。翌朝風呂を使って出ると、いきなり女がいて挨拶され、着物を着せてくれる。「部屋は掃除してあります、いずれ後程」と。

四　部屋に帰ってみると、昨夜書き流した俳句を添削したようなものが鉛筆で書きこまれている。朝の膳を給仕する下女に、部屋は「若い奥様」（茶屋の婆さんの言う「嬢様」）が普段使っているものであることを聞く。部屋に寝転がっていると、女が羊羹を持ってお茶をいれに来る。父親が骨董好きだから、いろいろなものがある、だから父に言ってお茶を差し上げよう、と言う。

五　床屋でひげをあたらせていると、床屋は志保田の出帰りの娘は狂印《きじるし》であぶない、観海寺の若い坊主「泰安」がそのために姿を消して死んだと言い、やがて来たその寺の小坊主「了念」に、泰安はその後発奮して修行中で、いまに立派な「智識」になる、と反駁される。

六　部屋から春の夕暮れを眺め、その景の中で漢詩を作っていると、建物の向こう二階の廊下を振袖姿の女が幾度も往復する。

七　風呂につかっていると、突然風呂場の戸が開き、湯煙の中に裸の女が現れ、やがて身をひるがえして、笑い声とともに去る。

八　志保田の老人に茶を振る舞われる。相客は、観海寺の大徹和尚、女「那美」の従兄弟「久一」。久一が鏡が池で絵を描いたと聞く。志保田の老人からは頼山陽愛蔵という硯《すずり》を見せられる。また、久一が数日後に満州の戦場へと応召することを知る。

九　部屋で西洋の小説を読んでいると那美が入ってきたので、筋を無視して無作為に途中の場面を読む「非人情な」読み方を披露して翻訳してみせる。話しているうちに、那美は、鏡が池に身を投げてやすやすと往生している自分を絵に描いてくれ、と言う。

十　鏡が池に行き、赤い椿が落ちるのを見ながら那美の言う絵を思い描いていると、那美の表情に物足りないものがあると気づく。それは憐れみだった。するとそこに来合わせた山仕事の男から、ずっと以前の志保田のお嬢さんが虚無僧を見初《みそ》めてこの池に身を投げたと聞かされる。ここから身を投げたのかと思われる岩に、突然那美が現れる。

十一 足の向くまま日暮れに観海寺に至り、大徹和尚に会う。番茶を入れてもらう。

十二 朝、縁側に出ると向こう二階に那美が白鞘の短刀を持って立っている。その後宿を出て、絵に描く場所を探しあぐねて草原に寝転んでいると、ひしゃげた中折れ帽に尻端折り、下駄ばきの髭面《ひげづら》、「野武士」のような男が人待ち顔に現れ、そのあと那美が来て、男に財布を渡す。那美は「余」に、男は別れた夫で、満州に行くので金をもらいに来たのだと言う。その後、一緒に那美の兄の家に行くと、戦争に行く久一の足元に、那美は「御伯父《おじ》さんの餞別だよ」と短刀を投げる。

十三 出征する久一を送るため、志保田の老人、那美、那美の兄とともに「余」も川舟で城下に下る。汽車に乗り込む久一を見送る。

筋は、まるでないわけではない。

「文人」との親近

『草枕』の主人公は、詩人・画家・俳人で、美しい自然のなかでの脱俗的で自由な生き方を求める青年。後述を先取りすることになるが、それは「煎茶」の精神から見て、あまりにも典型的、まるで判で押したかのような人物である。「煎茶」の加担者である、近世の文人ときわめて類似しているのである。

第六章にこうある。

但《ただ》詩人と画客《がかく》なるものあって、飽くまで此待対世界《このたいたいせかい》「現実の社会」の精華を嚼《か》んで、徹骨徹髄《てつこつてつずい》の清きを知る。霞を餐《さん》し、露を嚥《の》み、紫《し》を品《ひん》し、紅《こう》を評《ひょう》して、死に至って悔《く》いぬ。彼らの楽《たのしみ》は物に着《ちゃく》するのではない。同化して其物《そのもの》になるのである。其物になり済ました時に、我を樹立すべき余地は茫々たる大地を極《きわ》めても見出《みいだ》し得ぬ。(3/73)

「霞を餐《さん》し、露を嚥《の》み、紫《し》を品《ひん》し、紅《こう》を評《ひょう》して」の生活は、まさに仙郷のものであり、近世の文人、煎茶人も、理想的なあり方としてしばしば詩画に表していた。「紫《し》を品《ひん》し、紅《こう》を評《ひょう》して」の文字の中に、漱石は道士や詩人たちの、茶を喫し、清境に生きる様をも描き出しており、茶の世界に対する、漱石の精神的な向き合い方も、文人論に重ねて述べられている。

近世文人は、詩・書・画に優れ、その三位一体の芸術的才能を紙面に揮《ふる》い、超俗の世界を理想としながらも、しかもつねに片方の目を社会の現実から離すことはない、そういう存在である。

しかしこの「文人」という言葉について、学術語としての未成熟を理由に、これを用いることを嫌う者もいる。「学者のやる統一、概括と云うものの御蔭《おかげ》で我々は日常どの位便宜《べんぎ》を得ているか分りません」(「中味と形式」、16/452)と、漱石も言っているように、我が国の文人に関して確かな共有された概念・概括があれば、これから漱石に関して述べようとする内容も誤解を招かずにすみそうなのだが、どうもそうは簡単にいかないようだ。漱石は、そうした私の思いを察するかのように、「学者には凡《すべ》てを統一したいという念が強い為に、出来得る限り何《なん》でも蚊《か》でも統一しようとあせる結果、又学者の常態として、冷然たる傍観者の地位に立つ場合が多いため、ただ形式丈《だけ》の統一で中味の統一にも何にもならない纏《まと》め方《かた》をして、得意になる事も少なくない」(16/453)と語ってもいる。確かに、真の内容の把握を前提に「文人」に触れるとき、「冷然たる傍観者」の解説が、いかに無味乾燥、実態から乖離したものになるかは、私にもよく分かる。

つまり「実地の生活の波濤《はとう》をもぐって来ない学者の概括は中味の性質に頓着《とんじゃく》なくただ形式的に纏めたような弱点が出てくるのも已《やむ》を得ない訳であります」(16/455)というように、従来の「文人」という用語も、なお曖昧たることは避けられないのだが、漱石を語るに際し、あえて私は「文人」の文字をつかい、その本質をより積極的に求めていきたいと思う。

森本哲郎も文人について、「どこか高踏的な響きがこめられている」が、しかしそれは真の高踏ではない、なぜなら「俗世界を無視するのではなくて、俗世界をべつの目で見直すことだからである。いや、むしろ、足はしっかりと俗界を踏まえていなければならないのだ」(『月は東に——蕪村の夢 漱石の幻』)と語っていた。先の漱石の、学者、学界批判は、漱石自身がその足で「しっかりと俗界を踏まえて」いることの証と見てよいだろう。「超然と澄《すま》し切って」世を嘲笑し、無視するのは、真の文人の姿では決してない。

夏目漱石は、ロンドンに留学し、帝大で英文学の講義をものしたことから「英文学者」の印象があまりにも強い。そのためもあって、近世という時代からは、はるかに遠い存在のように受けとめられている。しかし以下に述べるように、それは漱石理解に大きな錯誤をもたらしていると思う。

『草枕』論の少なさ

ところで、漱石の全集はいくども刊行されているが、それにはいずれも「月報」がついていて、毎巻、複数の文章が載っている。この「月報」に収められた論考は、昭和三年版、昭和十年版、昭和二十八年版、昭和五十年版、そして平成五年版の岩波書店版、さらに筑摩書房の『夏目漱石全集』、それらを合わせると、総数二百五十八篇に及ぶ。

この漱石に関する論述のなかで、『草枕』の文字は、わずか十三篇にしか見出せなかった。「月報」に掲載された諸論の五パーセント程度にしか、『草枕』の名を探し出すことができなかったのである。『草枕』は、注意されることの少ない、あるいはその意義についてこと新しく論じられることの少ない作品なのである。

『草枕』が、発刊当初から、漱石の本来の意図どおりに読まれず、また新しく論じられることの少ない要因は、あるいは発刊直後、漱石自身が『草枕』について、自ら解説していることかもしれない。明治三十九年(一九〇六)九月、『国民新聞』に『草枕』が掲載された翌月、すぐに漱石は「余が『草枕』」と題する談話を発表している。

談話は、「一体、小説とはどんなものか、定義が一定しているのか知らん」で始まる。次いで、「普通に小説と称するものの目的は、必ずしも美しい感じを土台にしているのではないらしい。汚くとも、不愉快でも一切無頓着のようである」と、世間一般の小説について述べ、それに対して「私の『草枕』は、この世間普通にいう小説とは全く反対の意味で書いたのである。唯だ一種の感じ——美しい感じが読者の頭に残りさえすればよい。それ以外に何も特別な目的があるのではない」と語っている。「プロット[筋書・構想]も無ければ、事件の発展もない」ので、「事件の発展のみを小説と思う者には、『草枕』は分からぬかも知れぬ。面白くないかも知れぬ。けれども、それは構ったことではない。私は唯だ、読者の頭に、美しい感じが残りさえすれば、それで満足なので、若し『草枕』が、この美しい感じを全く読者に与え得ないとすれば、即ち失敗の作、多少なりとも与えられるとすれば、即ち多少の成功をしたのである」と続けている。

これを表面的に鵜呑みにし、『草枕』に秘められた世界の、その真実を見誤らないよう再度注意しておきたい。漱石の言う「美しい感じ」とは何か。じつは「美しい」という文字が意味する内容を、主人公が語っている。

余は画工である。画工であればこそ趣味専門の男として、たとい人情世界に堕在《だざい》するも、東西両隣の没風流漢《ぼつふうりゆうかん》よりも高尚である。社会の一員として優に他を教育すべき地位に立っている。詩なきもの、画《え》なきもの、芸術のたしなみなきものよりは、美くしき所作が出来る。人情世界にあって、美くしき所作は正である、義である、直である。正と義と直を行為の上に於て示すものは天下の公民の模範である。(3/149)

「美しい」は、美辞麗句だとか、自然の景観や脱俗清境だけを意味するのではなく、その「美」には人倫、徳義が主要なものとして含まれると捉えられているのである。

荒正人(一九一三—七九)が言うように、『草枕』は「漱石の美意識の大切な側面を伝えようとしている」作品である。しかし荒がまた、「画工の背後には俗世がある。それが具体的に何を意味しているかはふれられていない。だが戦争という事態は短いながらも鋭く扱っている」（『漱石文学全集』第二巻「解説」）と書いているのも見落としてはならない。

2 『草枕』と煎茶

茶を振る舞う

このように冷遇される『草枕』だが、その基本的な要因として、この作品が大きくそこに根を下ろしている「煎茶」的精神についての理解と無理解がある、と私は考えている。理解するもののうちあるものがこの作品を忌避し、無理解は関心のカギを見失う。

では、いよいよ『草枕』の煎茶が出された場面を読んでみよう。それは、主人公の画工が、観海寺の和尚などと同席し、那美の父「志保田《しほだ》の隠居」から、少しあらたまった形で茶の接待を受ける場面。

「ふん、そうか——さあ御茶が注《つ》げたから、一杯」と老人は茶碗を各自《めいめい》の前に置く。茶の量は三四滴に過ぎぬが、茶碗は頗《すこぶ》る大きい。生壁《なまかべ》色の地へ、焦げた丹《たん》と、薄い黄で、絵だか、模様だか、鬼の面の模様になりかかった所か、一寸《ちょっと》見当のつかないものが、べたに描いてある。

「杢兵衛《もくべえ》です」と老人が簡単に説明した。

「これは面白い」と余も簡単に賞《ほ》めた。

「杢兵衛はどうも偽物が多くて、——その糸底を見て御覧なさい。銘があるから」

と云う。

取り上げて、障子の方へ向けて見る。［中略］茶碗を下へ置かないで、其儘《そのまま》口へつけた。濃く甘《あま》く、湯加減に出た、重い露を、舌の先へ一しずく宛《ずつ》落して味《あじわ》って見るのは閑人適意《かんじんてきい》の韻事《いんじ》である。普通の人は茶を飲むものと心得て居るが、あれは間違だ。舌頭《ぜっとう》へぽたりと載せて、清いものが四方へ散れば咽喉《のど》へ下《くだ》るべき液は殆《ほと》んどない。只馥郁《ふくいく》たる匂《におい》が食道から胃の中へ沁《し》み渡るのみである。（3/95-96）

ここに描かれている喫茶の内容は、今日私たちが、日常的に飲んでいる煎茶とは、明らかにその趣《おもむき》を異《こと》にしている。少し丁寧に漱石の文章を読んだ者は、「濃く甘《あま》く、湯加減に出た、重い露」とか、「茶を飲むものと心得て居るが、あれは間違だ」といった表現に、怪訝《けげん》な思いを抱いただろう。しかし大方は、漱石独特の諧謔を弄した、ないしは俳画的な、描写として、そのままに読み過ごしているのだろう。それが証拠に、茶を「飲む」日常的な立場から見るとあまりに非現実的な茶のありようなのだが、これに疑問を呈した者、少なくとも論文で取り上げてこのことに触れたものはいない。「茶と聞いて少し辟易《へきえき》した」(『草枕』)のか、あるいはほとんど印象に残ることがなかったのか、いずれにしても無関心の姿勢が貫かれている。しかし美的な、俳画的な、あるいは戯画的な誇張や諧謔とだけやりすごすなら、漱石の精神《こころ》の先には進めない。

「煎茶」——近世文人の風雅な遊び

これは、「一しずく宛《ずつ》落して味《あじわ》って見るのは閑人適意《かんじんてきい》の韻事《いんじ》である」と漱石の言うように、近世文人の風雅な遊びである「煎茶」を、意識的に描写しているのである。それはまた、風雅な遊びを装うなか、その奥に秘められている本来の社会風刺に、読者の思いを至らせようとするものだった。だから、ここでの「一しずく宛《ずつ》落して味って見る」という描写は決して虚構のものではない。「老人は茶碗を各自《めいめい》の前に置く。茶の量は三四滴に過ぎぬが、茶碗は頗る大きい」との記述もある。三、四滴との表記に着目することが大切で、この表現は、ふだんの茶を飲む情景描写としてはあまりにも不自然、あまりにも非現実的、と逸早《いちはや》く気づくべきである。

揚げ足を取るつもりではないが、旺文社文庫『坊ちゃん・草枕 他一篇』(昭和四十年刊)では、『草枕』のこの部分にわざわざ挿画が入れられていて、「茶碗はすこぶる大きい」をそのままに受け取ったのか、抹茶碗のような大きさ、標準的なもので口径七〜八センチメートル。しかしそれは間違いで、煎茶碗は酒杯やぐい呑み程度の大きさの大きな物が描かれている。しかしそれは間違いで、志保田の老人が「茶托へ載せた茶碗を丁寧に机の上へならべる」という表現からもその大きさが察せられる。その程度の小さな茶碗でも、三、四滴の茶液には「すこぶる大きい」と漱石は言うのである。それはむしろ、三、四滴の少量の茶液に、読者の注目を集めるための表現であり、強調したかったのは茶碗との不釣合いではない。

さらに「重い露」とも表現されている。表現の意図は、「一しずく宛《ずつ》落して味《あじわ》って見る」、つまり一滴一滴を口にし、「舌頭へぽたりと載せて、清いものが四方へ散れば咽喉《のど》へ下《くだ》るべき液は殆んどない」といった喫茶の状況、その世界を伝えることにあった。繰り返しになるが、これは普通の人が、普通に飲む茶の情景とはとても言えないし、実際そうではない。その証拠に、同じ『草枕』のほかの箇所、主人公の画工が観海寺の和尚を訪ね、茶を振る舞われる場面はこう描写されている。

鉄瓶の口から烟《けむり》が盛《さかん》に出る。和尚は茶簞笥《ちゃだんす》から茶器を取り出して、茶を注《つ》いでくれる。

「番茶を一つ御上《おあが》り。志保田の隠居さんの様な甘《うま》い茶じゃない」 (3/139)

書き分けは明白である。「鉄瓶の口から烟が盛に出る」と言っても、決して中が焦げての煙ではない。湯がよく沸《わ》いている様を描いたものだが、ここでも漱石の観察眼、というよりも漱石が茶を美味に喫する要点、つまり「煎茶」道に精通していたことがうかがわれる。「番茶を一つ御上り」と和尚に言わせ、飲む葉茶の違いを明瞭に示しているように、下級な茶は高温で手際よく処理するのが鉄則で、いっぽう「志保田の隠居さんの様な甘《うま》い茶」は、決してこのような沸騰した湯を直接に使うことはない。

先に取り上げた『草枕』の一節は、さらに、

玉露《ぎょくろ》に至っては濃《こまや》かなる事、淡水《たんすい》の境《きょう》を脱して、顎《あご》を疲らす程の硬《かた》さを知らず。結構な飲料である。眠られぬと訴《うった》うるものあらば、眠らぬも、茶を用いよと勧めたい。 (3/96)

と続く。高級な茶葉に沸点に近い高温の湯を注ぐようなことはない。「玉露に至っては」とあるのはさらなる高級茶、これはさらに湯の温度を下げるため、「湯冷《ゆさまし》」という茶器を用いる。私たちは、抹茶以外の緑茶を、便宜的に、玉露、煎茶、番（晩）茶等と分け、最も優れた上級の葉茶を玉露とし、下級のものを番（晩）茶と呼び分けている。それぞれに製法、加工の工程が異なり、個性味が生まれ、それを引き出すための淹《い》れ方も異なる。少なくとも、漱石は、これら葉茶の三種の使い分けをよく心得ており、描写にもそれが細かく反映されている。

思えば漱石の作品では、処女作『猫』での、「茶の間では細君がくすくす笑いながら、京焼の安茶碗に番茶を浪々《なみなみ》と注《つ》いで、アンチモニーの茶托《ちやたく》の上へ載せて」（1/469）といった描写に始まり、遺作となる『明暗』の、「叔母の新らしく淹《い》れて来た茶をがぶがぶ飲み始めた叔父は」（11/220）に至るまで、登場人物が茶を飲む場面をしばしば描いている。近代のいかなる作家よりも、情景として「茶」の用いられることが多かったのでは、という気がする。先の「甘《うま》い茶」の用字とルビの振り方も、茶に精通したものでなければ、思いつかなかったことだろう。

このように、つねの茶を十分承知している漱石が、ここでは茶を「飲む」のは「間違いだ」と断言する。しかも、「一しずく宛落《ずつ》して味って見るのは閑人適意の韻事である」、つまり、俗事に煩わされることのない自由人が、心のままに楽しむ、風流風雅な遊びである、と言っている。読者のなかには、桃源郷の仙人が仙薬を飲む姿を想像し、それを現実生活に適合させ、俳画小説の名に相応しく、芸術的に描いたもの、と読みとった者もいたかもしれない。しかし、この「一しずく宛落《ずつ》して味って見る」個性的な煎茶は現実のものであり、そこに、近世の一人の煎茶家が存在する、ということになれば、この情景描写の読みとり方はかなり違ってくるだろう。結論を先取りすることになるが、ここには『草枕』の主題が凝縮された形で埋め込まれていると言ってもよい。というのは、この「煎茶」の背後にある、精神的な、あるいは思想的な歴史の記憶が、漱石の時代にはまだ色濃く残されていたからである。

「煎茶」対「茶の湯」

茶を取り巻く事情とその認識に、現代と漱石の時代では、どれだけの懸隔《けんかく》があったのか。『草枕』の三年後、明治四十二年（一九〇九）一月十五日の『大阪時事新報』の記事は、その空気を伝えるものとして分かりやすい。かなりの紙面を割《さ》いており、千三百字にも及んでいる。

「抹茶と煎茶の対抗／総大将は住友と藤田」という見出しがまず人の目を奪う。「抹茶」は茶の湯を指すが、先ほど述べたように、現代の茶道界の現状や一般の認識からは、そもそも茶の湯と煎茶が対等に取り上げられること自体、きわめて想像し難い現実ということになろう。しかしもちろん、比べられているのは日常の飲料としての煎茶ではなく、嗜むものとしての風流な茶事としての「煎茶」である。記事を追ってみよう。

「近来メキメキと頭を擡《もた》げ出したのは茶事の流行である、茶事には抹茶と煎茶の両派がある、処《ところ》が此《この》両派が互に反目して、他を陥《おとし》れ自派の勢力を張ろうとして、此の事のみに力《つと》めて居《い》るのは頗《すこぶ》る奇態である」と、新聞記事らしい第三者的、客観的なもの言いからまずは始まる。

「扨《さ》て市内で煎茶派の総大将と仰がれているのは住友吉左衛門氏《すみともきちざえもん》」と煎茶派が紹介されるが、吉左衛門は、東山天皇（一六七五―一七〇九）の六世の孫とされる住友春翠《しゅんすい》（一八六五―一九二六）を指す。

「一方抹茶の方は藤田伝三郎翁が総大将となり村山、上野の両氏を副将として数万騎の将卒《しょうそつ》を引率し次第次第に戦線を拡張して」いると、茶の湯が失地を挽回、優勢さを増す形勢を述べている。藤田伝三郎《でんざぶろう》（一八四一―一九一二）は、長州藩豪商の出身、のち関西財界の重鎮となり、藤田財閥、藤田組を創立する。

この両派紹介では、煎茶側に東山天皇という王朝につながりを持つ背景があることに注意したい。また一方、漱石が財閥に対して激しい批判をそこここで書いていることにも注意。

煎茶・抹茶の「互に反目」する内容について、記事は、「総じて煎茶派のやり方は進取的であるが抹茶派は保守的である」とする。

煎茶派は抹茶を、「虚礼で固めて、のの字に拭《ふ》くとか、三口半《みくちはん》に飲むとか、下らない処に力を入れているから馬鹿馬鹿しくて辛気《しんき》臭《くさ》い。要するに抹茶は当世向《とうせいむき》のものではない。煎茶の手軽いのに如《し》かざること夥《おびただ》しい」と批判する。

続いては抹茶派、「抹茶の方では之《これ》を駁《ばく》して、礼儀や作法を無視するのなら茶事は一切廃《よ》すが好《よ》い。茶は礼に依って起り養気を旨《むね》としている。飲む為《た》め、と云う丈《だけ》の茶なら煎茶家は宜《よろ》しく炬燵《こたつ》にでも潜《もぐ》り込《こ》んで大茶碗《おおちゃわん》でがぶがぶとやって居れば宜《よろし》い」と、その反論を載せている。

そのうえで、「処《ところ》で局外者に云わすと、抹茶は七面倒だが上品だ。煎茶は手軽だが品格がおちると言っている。詰《つ》まる処《ところ》は一得一失《いっとくいっしつ》で何方《どちら》へ旗を揚《あ》げて宜《よろし》いか分らぬが、此の頃、保守的の抹茶派が大に勢力を占めて来たのは頗《すこぶ》る珍《ちん》である」と結論づけている。

時代の流れは、漱石がこの十年前、ロンドンで懸念することとしてメモしていた予見のとおり、「茶の湯は斥けられて又興りぬ」、茶の湯はいったんはすたれるが、やがてまた復興してしまうだろう、というその懸念どおりの方向をとっている。

「先《ま》づ灘《なだ》の嘉納鶴堂《かのうかくどう》氏が煎茶の勇将であったに拘《かか》わらず抹茶派に降《くだ》り、次で阪上新次郎《さかがみしんじろう》氏も同じ運命に陥った」。

茶の湯復活の勢いは、時代の主流になりつつあった。その原因について記事は、抹茶は「数寄者の清遊を第一にする、で可成内証《なるべくないしょう》にして誰彼《たれかれ》なしに異分子の寄り集まることを好まぬ。近来富豪紳士が抹茶に傾いたのは一《いつ》に之に起因するものらしく思われる」と言い、それに対し煎茶は、「元来風流韻事に商売気は第一の禁物である。要之《つまり》煎茶の旗色が悪くなったのは、俗悪な骨董屋が其の用を為《な》したのであろう」と、「骨董屋に乗ぜられた」局面を厳しく突いている。

もっとも、これは『大阪時事新報』の「千秋」の署名入りの記事であり、地元大阪の煎茶事情を中心に語るものである。京都および他の地域での煎茶の状況に、必ずしも適合するものではない。同じ煎茶でも京都と大阪では、隣り合わせながら、その内容を異にするものがあった。

この記事のなかでも、煎茶の現況を述べるところで、「骨董商団体の昌隆社《しょうりゅうしゃ》が参謀《さんぼう》となり数千の雑兵《ぞうひょう》を指揮して居《い》るが、尚此《なおこ》の外《ほか》別働隊として花月庵流《かげつあんりゅう》と云う煎茶家の門弟子が控えている。此《こ》は売茶《ばいさ》翁《おう》の流れを汲んで隠然たる勢力を示し、又堀江に木村兼葭《きむらけんか》堂《どう》と云う宗匠があって、茶事の外に詩歌俳諧書画何《な》んでも来いで之も一大隊位《ぐらい》の勢力は確にある」と、どこまでも大阪中心に書いている。

記事自体興味本位の感が強く、漱石が頭に描いていた次元の煎茶を語るに相応しいわけではない。ただ「煎茶」が、少なくとも明治時代までどのような社会的位置にあったか、対茶の湯の実情を知る手がかりとしては有用だろう。

さらに、「尚煎茶の方では元祖が支那丈《しなだけ》に、器物は一から十迄唐物を珍重するが、抹茶の方では元祖が日本だから必ずしも唐物を喜ばない。近来国粋保存の趣味から、一つは此の道具からして茶人の趣味を抹茶の方に引き付ける。之も確かに一つの原因を為しているのであろう」ともあり、この後の茶道界の展開を理解する上からも、『大阪時事新報』の記事は興味深い。おそらくこの頃を最後に、一般的な煎茶飲用の流行の波に、文人趣味としての文雅な「煎茶」は追いやられ、人々の記憶から、その真の姿が次第に遠いものになっていったのである。もちろん、中国に対する価値観の変化、欧化思想の隆盛も重要なその要因になっている。

後に述べるように、「煎茶」は茶の湯よりも古い歴史を持ち、また近世の後半から近代の前半にかけて、茶の湯はきわめて零落した状態にあり、茶道としての、また文人趣味としての「煎茶」の勢いは、一時茶の湯をも凌《しの》いでいた。しかし、中国趣味が濃厚であった煎茶は、西欧化の波に押され、次第にその力を弱めてゆく。漱石は、その「煎茶」斜陽の時期に生きていた。

漱石の茶の湯批判

漱石がこの煎茶と茶の湯の対抗の中で煎茶の側に肩入れしていることは、『草枕』のほかのところにも明らかに描かれている。茶事という風流なもの一般をよしとしているのではないのである。

それは、第四章、主人公の画工が、遅い朝飯を済ませ、再び布団の中で、人との出会いの因果に思いをめぐらせていると、突然那美が枕元に現れる、という場面。

「御退屈だろうと思って、御茶を入れに来ました」と座り込み話が始まる。羊羹の盛られた青磁の菓子鉢に画工が関心を寄せ、その話の流れで那美は、「父が骨董《こっとう》が大好きですから、大分《だいぶ》色々なものがあります。父にそう云って、いつか御茶でも上げましょう」と言う。すると、「余」は、「御茶って、あの流儀のある茶ですかな」と質問する。「骨董が大好き」の続きで、客人に茶を振る舞うとなれば、それは茶の湯、と考えるのが、もう漱石の時代でも普通になっていた。だから「御茶でも」という言葉が耳に達した時、すでに

「余」の心中ではこういう呟呵がほとばしっていた。

茶と聞いて少し辟易《へきえき》した。世間に茶人《ちゃじん》程勿体振《もったいぶ》った風流人はない。広い詩界をわざとらしく窮窟に縄張《なわば》りをして、極《きわ》めて自尊的に、極めてことさらに、極めてせせこましく、必要もないのに鞠躬如《きっきゅうじょ》として、あぶくを飲んで結構がるものは所謂《いわゆる》茶人である。あんな煩瑣《はんさ》な規則のうちに雅味があるなら、麻布《あざぶ》の聯隊《れんたい》のなかは雅味で鼻がつかえるだろう。廻れ右、前への連中は悉《ことごと》く大茶人でなくてはならぬ。あれは商人とか町人とか、丸で趣味の教育のない連中が、どうするのが風流か見当が付かぬ所から、器械的に利休《りきゅう》以後の規則を鵜呑みにして、是で大方《おおかた》風流なんだろう、と却《かえ》って真の風流人を馬鹿にする為めの芸である。（3/52-53）

単なる好き嫌いの領域を超えた、辛辣で厳しい茶の湯批判が飛び出す。「鞠躬如《きっきゅうじょ》」とは、ぺこぺこと頭を下げて挨拶をすること。これは単なる諧謔、漱石流の滑稽を狙ったものでない。漱石の生き方、思想にかかわる深い意味がこめられた諷刺的な警句と見るべきだろう。政治・社会に対する批判が、茶の湯に転化されているのでもあろう。けれどもまず、漱石が茶の湯とは区別された煎茶という茶事に大きな価値を認めていること、それは「麻布の聯隊」の「廻れ右、前へ」の規則ではない何らかの精神的なものであろうことを押さえておこう。ここには、のちに語る売茶翁の影や、上田秋成、頼山陽といった近世文人の姿が見え隠れすると言ってもよい。

売茶翁、上田秋成、頼山陽は、いずれも近世の煎茶文化に大きな影響を与えた人々である。これらの人が愛好し実践していた「煎茶」、それは、「私たちが日常的に親しんで煎茶とは違った次元のもの」、「涼炉《りょうろ》と呼ばれる、形のいい素焼きのコンロに炭火をおこし、ボーフラと呼ぶ湯瓶《ゆへい》で湯を沸騰させ、そしてその細い口から湯気が勢いよく飛び出してくる頃、涼炉からボーフラを静かにおろし、その湯を、茶葉の入った愛用の、中国宜興《ぎこう》製の朱泥《しゅでい》の急須《きゅうす》に注意深くそそぎ入れる。頃合いを見はからって、膝の前に並べられた小さな古染付《そめつけ》けの煎茶碗に少量ずつつぎ分けてゆく。濃く甘いトロリとした茶液を舌頭に落としてその茶味を楽しむ。これが、今も昔も変わることのない「煎茶」の世界なのである」(小川後楽『煎茶への招待』)。

3　小川可進の煎茶

『草枕』における煎茶場面の位置

若い頃、那美の父親が画工に煎茶を振る舞う場面を読んだ時、私の捉え方もまた、「非人情」を主題とする小説での文飾的な挿画という以上には出なかった。漱石の「煎茶」の描写の確かさ、見事さ、その表現力にただただ驚嘆する程度で、漱石の精神、その思想の上に占める煎茶の位置づけを問うことなど思ってもみなかった。しかし『草枕』のなかで、六章の文人論の展開の後、読者の眼を釘付けにする妖艶な入浴場面を配し（七章）、その後一転して、志保田の老人が画工と観海寺の和尚らに煎茶を振る舞う八章を持ってくる構成は、計算され尽くしていると私は考える。この作品にこめられた漱石の意図を探るうえでも、きわめて重要な個所だと思う。しかし、『草枕』は多くの文庫本で出されているが、そのいずれにも、特に八章に注目して触れている解説はない。

茶の湯においてもそうだが、出された茶を飲む瞬間には、主客の間に一種の緊張した時が流れる。いわゆる茶会では、茶が口に入り喉を下るまでの一瞬のために、趣向をこらすべく、いかに膨大な時間と、財力と、神経が費やされていることか。その劇的で重要な局面を、漱石は、自らの体験を介し表現していた。しかしそこには、「煎茶」の文字もなければ、次に述べる小川可進《かしん》（一七八六―一八五五）の名もない。ただ、那美の入浴場面《シーン》という、読者の注目を集めたその吸引力が消え去らないうちに、煎茶文化の躍動的な一齣《ひとこま》を見事に描くことで、最終章に繫がる大切な導入部分の役割を担わせていた、と思う。漱石の意識に占める煎茶の役割、あるいは煎茶を主題とする八章の『草枕』全体に占める位置の重要性を、読み解いていきたい。

さて、「煎茶」の文化が、多くの人にとって忘れられたものである以上、小川可進と言ってわかる人はほとんどいないに違いない。まさに忘れられた茶家。しかしなぜいま、その名が突如ここに登場してくるかと言えば、先に漱石が描写していた茶を飲む場面、「濃く甘く、湯加減に出た、重い露を、舌の先へ一《ひと》しずく宛《ず》落して味って見る」といった煎茶の飲み方、いわゆる煎法を創案したのは、近世後期の御典医小川可進だからである。漱石は「普通の人は茶を飲むものと心得て居るが、あれは間違だ。舌頭《ぜっとう》へぽたりと載せて、清いものが四方へ散れば咽喉《のど》へ下《くだ》るべき液は殆んどない」と書いていたが、これは可進の煎茶が念頭に置かれていたと思われる。

明治時代の初頭にも政府の出版許可を得て再刊されていた可進の書『喫茶弁』(『後楽堂喫茶弁』とも)には、

「茶は渇《かつ》を止むるに非《あら》ず。飲むに非ず。喫するなり」

「維《た》だ湯水の如く呑飲《のんの》で、争《いかで》か茶味を知ることを得んや。喫し而《て》 喫はくろう、かむの意あり。

此の字義の如く有たし。其の味を知るべし」

と書かれている。『喫茶弁』は、可進晩年、門人で歌人の橘諸見《もろみ》（京都の素封家下村大丸を生家とする下村摂貞《せってい》。?―一八五七）が、「先生病床に於て口授《くじゅ》、討尋《とうじん》〔尋ね調べる〕数度にして漸《よう》く其要を記す」とあるように、可進の煎茶法の原理を、橘諸見が口述筆記したものだった。茶は、渇きを癒すために飲むものではない。そもそも飲むものではない、喫《くら》うものだ。湯水のようにがぶがぶ飲んで、どうして茶の味がわかりえよう。噛むように飲んではじめて味がわかる――そして可進の茶は、まさに、ほんの数滴というほどの少量の茶をじっくりと味わうものである。

『草枕』の主人公画工に、「普通の人は茶を飲むものと心得て居るが、あれは間違だ」と漱石が語らせていた時、そこには間違いなく可進に通じる煎茶が念頭に置かれていた。

小川可進とその煎茶

小川可進は、名は弘宣《ひろのぶ》、通称を可進といい、後楽と号した。医名の高かった御典医荻野《おぎの》元凱《げんがい》（台州。一七三七―一八〇六）に、古方・蘭方の医術を学ぶ。師の元凱、一度は幕府医学館の教授に召されるが、漢方中心の医学館の保守性に反発、京に戻り再び朝廷に仕え、尚薬《しょうやく》から典薬大允《てんやくたいじょう》、さらに河内守にまで任ぜられた。可進の当時、京を舞台に活躍する知識人や文人社会に「煎茶」が広まっていた。可進は、また朝廷に近い環境にあったことも、早くから「煎茶」に関心を寄せる要因になっていた。自らを振り返り、「唯《た》だ茶癖《ちゃへき》の止《や》み難きより、年々歳々余事《よじ》を問わず、時々刻々老の至るを知らず」煎茶に没頭したと記している（『喫茶弁』）。その可進の茶癖は、歴史家の頼山陽や京焼きに新時代をもたらした陶工青木木米《あおきもくべい》（一七六七―一八三三）も知るところだった。

少し話は逸《そ》れるが、この木米、『草枕』では「杢兵衛《もくべえ》」として登場している。志保田の老人の入れた茶が銘々《めいめい》の前に置かれると、まず煎茶碗に関心が行く。煎茶席に臨んだ客の多くがまず普通に行う目の配り方と言ってよい。「生壁色《なまかべいろ》の地《じ》へ、焦《こ》げた丹《たん》と、薄い黄《き》で、絵だか、模様だか、鬼の面の模様になりかかった所か、一寸見当の付かないものが、べたに描《か》いてある」と、以前から木米の茶碗を見慣れた者でないと、短い時間でその特色を摑み、このように的確に表現することは難しい。「余」はそういう人物として造形されている。

「杢兵衛《もくべえ》です」と老人が簡単に説明した。
「是は面白い」と余も簡単に賞《ほ》めた。
「杢兵衛はどうも偽物《にせもの》が多くて、――その糸底《いとぞこ》を見て御覧なさい。銘《めい》があるから」

と云う。

簡単なやり取りだが、煎茶通の、煎茶席の会話としては十分なもの。さらに、

取り上げて、障子《しょうじ》の方へ向けて見る。障子には植木鉢の葉蘭《はらん》の影が暖かそうに写って居る。首を曲げて、覗《のぞ》き込むと、杢《もく》の字が小さく見える。銘は鑑賞の上に於《お》て、左《さ》のみ大切のものとは思わないが、好事者《こうずしゃ》は余程是《これ》が気にかかるそうだ。（3/96）

と続く。「障子には植木鉢の葉蘭《はらん》の影が暖かそうに写って居る」と、茶の湯の閉鎖的な茶室とは異なる煎茶的空間の特色をも、さらりと書き込んでいることにも注意したい。木米は、朱笠亭《しゆりゆうてい》（朱琰《しゆえん》。清代の人。生没未詳）の『陶説』（一七七四年刊）を読んで感銘を受け、中国古陶磁に傾倒、白磁、青磁、赤絵、染付などによる優れた煎茶器を製作、文人画家としても名を馳せ、陶器、絵画、ともに独自の世界を切り開いて、今日に至るも高い評価を受けている。

可進に戻るが、長州萩の明倫館教授、吉田松陰の弟子でもあった儒者の佐々木松墩《しょうとん》（一八三五—八五）が、「後楽翁小伝」という可進の略伝を書いている（「後楽」は可進の号）。

それによると、「知命ニ及ンデ決然トシテ医ヲ廃シ、遂ニ髪ヲ薙《おろ》シテ以テ其意ヲ表ス」、五十歳を迎えた可進は、天保五年（一八三四）、医業を廃し煎茶家として独立したのである。それによって確立した可進の煎茶は、岩倉具視《ともみ》（一八二五―八三）の父堀川康親《やすちか》（一七九七―一八五九）が、「近世宝暦明和の年間このかた、煎茶の精潔なるを知《しり》て嗜《たしな》むもの、ここかしこにあり。しかしながら未《いま》だ委《くわ》しからず。しかるに小川後楽老は、わかきより、茶徳の霊妙を知り、仰ぎ日夜愛喫し、当時煎法の活達を極む」（『煎茶記聞』序）と称賛していたように、まさにその「煎法の活達」によって世の注目を浴びていた。そして、煎茶を介しての可進と康親の親交は、私たちの想像を超えるものがあったようである。「蘭友戯書」と署名された康親自筆の「宇治紀行」にも、「世の中を流わたりにする堀河［自分のこと］と小川［可進のこと］のふたりは、常に心を汲《くみ》しるどち［友達］なれば、こたひ［此度］言かわしつつ元の木の芽をといゆかむ」と、二人連れで宇治に出かけたその親密さが示されていた。

可進の功績

煎茶の歴史は章を改めて紹介するが、我が国では近世初頭から煎茶に関心が集まり、煎茶中興の祖として売茶翁《ばいさおう》（一六七五―一七六三）なる人物が宝暦・明和年間（一七五一―七二）に登場、また国学者・小説家で知られる上田秋成（一七三四―一八〇九）が煎茶書『清風瑣言《さげん》』を世に送るなどして、文人社会での煎茶の普及に大きな功績をあげた。しかし、煎茶の側に立つ秋成が、「茶煎品さかんなりといえども、点家［茶の湯］の饗式且《かつ》玩器の珍物に推《おさ》れて対《たい》［対等］とすべきにあらず」（『茶瘕酔言』）と指摘するように、茶道の名に相応《ふさわ》しい、茶器や方式の整備など、さまざまな点で煎茶は劣勢にあった。そうしたなか、煎茶のより美味で効能ある煎法を探り、自然の理に沿い、論理的整合性をもった煎茶の方式を世に問うたのが可進だった。漱石が「濃く甘《あま》く、湯加減《ゆかげん》に出た、重い露」と表現していた、その茶味の引き出し方の考案にこそ、可進の功績はある。前述の吉田松陰の弟子、佐々木松墩も「陰陽昇降及び火水風の理を極め、其規則を定め以て一家を成す。是を以て可進氏の伎《わざ》、世に盛行。煎茶の法有る、実に翁を以て嚆矢《こうし》［最初］と為す」と書いている。

蘭方医学を学んでいた可進は、茶葉各々の特性を観察、その個性に注目、それぞれの環境下で、最大限にそれぞれ固有の特色を活《い》かす方法を考究した。茶葉に内蔵された最良のものを最大限に引き出すことに知恵を絞ったと言ってもよい。

可進の煎茶席につらなる人々

もちろん、可進が新しい茶の世界をいきなり作り出したというのではない。次章でも述べるように、煎茶の歴史は古く、それぞれにそれぞれの役割を担い、その世界を構築してきていた。

そのうえに可進の煎茶は、可進の御典医時代に築かれた公家の人脈を通じて広く受け入れられていく。弘化五年（一八四八）の「後楽園茶讌記《ちやえんき》」は、煎茶による茶事の様子を伝える茶会記としては最古のものと思われるが、そこには可進の茶が、いかに深く公家社会に浸透していたかがよく示されている。その日の待合（茶事で客が待ち合わせたり身支度をととのえる場所）には、坊城俊克《としかつ》（一八〇二—六五）の「茶事詠」の横幅が掛かっていた。本席（その日の茶事の中心席）には、可進の還暦を祝って贈られた一条忠香《ただか》（一八一二—六三）の「遊亀図」が、その脇には鷹司政通《たかつかさまさみち》（一七八九—一八六八）から拝領の品「三友棚」が飾られている。「拭帛《ふくさ》」も高倉家からの拝領品。また床《とこ》を飾るのは日野資愛《すけなる》（一七八〇—一八四六）詠の「可進に示す」の七絶の漢詩である。資愛は山陽と親交のあった、公家のなかでも最も尊王意識が強いとされた人物。

この日の茶席の、後楽好《ごのみ》の大櫟《くぬぎ》の棚（棚は手前の際に茶道具を飾り置く台）には、紐飾《ひもかざ》りの錫《すず》の大茶壺に、可進愛好の七種の茶が入れられていた。「南なる兎道《うじ》山につむ木芽《このめ》こそ千歳をこめて煮《にる》べかりけれ」と、鷹司政通命名の茶「南山」を始め、堀川康親の「雲鳳《くもとり》」、高倉永雅（一七八四—一八五五）の「亀齢《かめのよわい》」、さらに極選のものとして、近衛忠煕《ただひろ》（一八〇八―九八）の「寒梅」等々があった。先の橘諸見（初日庵）は、「鶴氅《かくしよう》」の銘を付けていたが、これは、伊藤若冲（一七一六―一八〇〇）の描いた肖像画で、売茶翁の颯爽と道服を身に纏った立ち姿を目にした人もあるかと思うが、その「鶴氅衣《かくしようえ》」を意識したもの。
のちに述べるが、煎茶道中興の祖、売茶翁の煎茶は、茶を売って身過ぎする単なる一服一銭ではなく、尊王の「有心」を秘めたものであった。そのことを見抜いていた一人に、尊王派の志士たちの精神的支柱ともされた頼山陽がいた。そうした尊王の精神的部分を広げた「煎茶」が、可進によってさらに具体的な内容を伴って成長する。尊王の象徴としての「煎茶」が、より確かなものとして、近世の歴史に深く刻まれていくことにもなる。御典医としての人脈、また師荻野元凱の人脈が強く働いたものと思われるが、勤王八十八廷臣の一人中御門経之《なかみかどつねゆき》（一八二一―九一）や、公武合体派ながら、安政の大獄で失脚、落飾謹慎の近衛忠熙も、可進の茶室後楽堂に出入りしていた。まさに激動の時代を生きる公家との交流のなかで、可進の「煎茶」は、王政復古の思いを孕んで膨らみ、その核となっていった。それがなければ、可進の「煎茶」に、公家社会からの、これほどまでに熱い視線の注がれることはなかっただろう。幕末の志士文人の教養として、また時には、厳しい幕府の目を逃れ、討幕の密談の場所として、「閑人適意の韻事」を装った煎茶席が選ばれていたのである。

朝廷と幕府、公家と武家、そして煎茶と茶の湯（抹茶）という対立構造である。もちろん両者の間に明快な境界を設けることは難しいが、煎茶の歴史が、それを意識し、展開されてきたものであることを、まずは知ってもらいたいと思う。もちろん漱石は、そのことを十分に承知していた。「朱泥《しゆでい》の急須《きゆうす》から、緑を含む琥珀色《こはくいろ》の玉液《ぎよくえき》を、二三滴ずつ、茶碗の底へしたたらす。清い香《かお》りがかすかに鼻を襲う気分がした」（『草枕』）。この、既に当時、忘れられた煎茶家となっていた可進の世界、つねと異なる茶の世界を、志保田の老人の茶席の場面は、読者の脳裏にいま一度蘇《よみがえ》らせる役割を担っていたことは間違いない。そしてそれは、趣味、好事の世界での、手前や作法を重視した煎茶の復興を願うものではなく、当時の煎茶が抱いていた理想、変革への純粋な社会的理念の再興を強く求めるものであった。

幕末維新の歴史を振り返っての詳述は省くが、少しでも維新史に関心のある人たちには、可進の茶を取り巻く尋常でない顔触れに気づかれたに違いない。目まぐるしく動く討幕論や公武合体論等、それは政治の表舞台で浮沈する公家たちであり、漱石の言葉を借りれば、まさに「勤王、佐幕、あらゆる複雑な光景」に見え隠れする顔、顔であった。子規の門弟中川四明（重麗。？―一九一七）は、『怪傑岩倉具視』と題する小説を書いていたが、その一部に可進の後楽堂が登場する。通俗な維新の演劇《ドラマ》などでは戯画的に描かれることの多い京都の公家たちだが、それは明治後半に武士階層の精神復古のなかで振り返られた歴史、ということも忘れてはならない。可進の煎茶に集った公家たちは、いたずらに風流風雅の煎茶を楽しんでいたわけではない。これから述べることになるが、煎茶精神に強く刻印されていた「勤王」「尊王」の文字に目を塞ぐことは許されない。もちろん、それは可進に始まるものではなく、上田秋成や売茶翁が先駆ける。そして「王政復古」といった意志を伴った煎茶の台頭は、さらに近世の初頭に遡り、じつはそこで確実な鬨《とき》の声を上げていた。さらにその唐物趣味とともに、煎茶には文人精神と社会批判が随伴する。それは中国の茶の歴史がもともと培《つちか》ったものだった。煎茶の歴史を遡ってみよう。

II

「煎茶」精神の歴史

1　茶と文学――唐代「茶道三友」

煎茶の誕生

喫茶の歴史を振り返ると、想像以上の昔に遡る。ところも日本を離れる。中国である。長い歳月、我が国はひたすら先進国中国を師と仰ぎ学び続けてきた。そのことで、漱石のロンドン滞在中の「日記」に興味深い一文がある。

「日本人ヲ観テ支那人ト云ワレルト厭《いや》ガルハ如何《いかが》。支那人ハ日本人ヨリモ遥カニ名誉アル国民ナリ、只不幸ニシテ目下不振ノ有様ニ沈淪セルナリ、心アル人ハ日本人ト呼バルルヨリモ支那人ト云ワルルヲ名誉トスベキナリ、仮令然《たといしか》ラザルニモセヨ日本ハ今迄ドレ程支那ノ厄介ニナリシカ、少シハ考エテ見ルガヨカロウ」（明治三十四年三月十五日、19/65）。

日清戦争の始まったのは明治二十七年（一八九四）、漱石二十七歳の時だが、それ以後日本国内の多くの者の、中国を見る目が大きく変わっていたなかでの発言であることを忘れてはならない。

漱石が言うように、我が国の喫茶の歴史も、随分と「支那ノ厄介」になってきた。茶の湯の文献『山上宗二記』にも、「夫れ茶を玩《もてあそ》ぶ由来を尋ぬるに、漢土には盧仝《ろどう》・陸羽《りくう》茶を好んで隠閑《いんかん》を慕《した》い、潔清を専らにし、然《しか》して『茶経』編述す」とある。中国茶の歴史ははるか五千年を超えるが、しかし「茶」や「煎茶」の文字の誕生は意外に新しく、中国の文化史上の区分で言えば、ほぼ中唐（七六六―八二六）の時代に当たる。湖北省天門に生まれた茶神陸羽《りくう》（七三三―八〇四）の登場を待ってその扉は開かれる。同世代の封演《ふうえん》（生没年不詳）の『封氏聞見記』にも、「楚人陸鴻漸《りくこうぜん》、茶論を為し、茶之功効並《こうこうなら》びに煎茶炙茶《しやちや》の法を説く」と書かれている。鴻漸は陸羽の名、「茶論を為し」とあるのは、世界で最初の茶書『茶経』の執筆を指す。「煎茶炙茶の法を説く」と書かれているように、「茶」や「煎茶」の文字の普及は、陸羽の新しい喫茶法の創案と共に広がった。

これ以前、茶は何かと混ぜて煮て啜《すす》られており、いわば野菜スープのような「食べる」ものだったが、陸羽は純粋に茶を飲む方式を整えたのである。そのために良質の茶が必要とされ、その製造のための道具を作り、製法を指導し、飲茶のための茶器を制作、茶の飲用方法、いわゆる煎法、煮法を考え出した。さらに茶の効用についてもはじめて詳しく述べたのである。

現在伝えられている『茶教』は三巻から成り立っている。ほぼ陸羽の原本のまま、今日に伝えられたと考えてよいのだろう。

第一巻は一章から三章までとし、第二巻は四章のみ、第三巻は五章から十章までとなっている。その章名を示せば、一、茶之源、二、茶之具、三、茶之造、四、茶之器、五、茶之煮、六、茶之飲、七、茶之事（茶に関する人物の記事）、八、茶之出（産）、九、茶之略、十、茶之図。整然と論じられている。茶に関する知識や道具、それに技術を集大成したのである。

陸羽と皎然

陸羽は二十九歳の若さで、その半生記「陸文学自伝」を残しているのだが、その最初に自らについて「何許《いずこ》の人なるかを知らざるなり」と、悲哀の文字を並べる。三歳の時に孤児になったとも、生まれてすぐに捨てられたとも言われている。『唐才子伝』など後世の書では、西湖に渡る雁橋《がんきょう》の畔《ほとり》の葦の茂みに遺棄されていたのを、地元龍蓋寺《りょうがいじ》（のち西塔寺）の住持智積《ちしゃく》禅師に拾われたとある。

陸羽は、のち龍蓋寺を離れ、還俗《げんぞく》し自由人となってから、自ら「陸文学」と号した。「文学」の文字を雅号に用いていることに明らかなように、文学への志向が強く、茶人としての盛名を得てからも、彼の周囲に集まった多くは詩人文人たちだった。煎茶と文学との繫がりは、陸羽を介し一層深まってゆく。十章からなる陸羽の茶書『茶経』は、茶樹の生育、茶(団茶・餅茶と呼ばれる)の製造、製茶具、飲茶器、飲み方、それに飲茶の歴史など、きわめて詳細な記載と、その実用的価値で、唐代社会での一般的な喫茶風習の拡大に大きく貢献する。しかし、その一方、文雅を伴う「煎茶」の世界にも大きく寄与していた。

陸羽の煎茶精神形成のうえで大きな影響を与えた者に、詩僧の皎然《こうねん》(七二〇?―八〇五?)、書家の顔真卿《がんしんけい》(七〇九―八五)がおり、陸羽と共に「茶道三友」とも呼ばれている。皎然も茶に詳しく、『茶決』と題する茶書を著《あらわ》している。茶を熱愛する知友崔石使《さいせきし》に送った「飲茶歌」では、

「孰《いず》れか知る茶道、爾《なんじ》の真を全《まっと》うするを、唯丹丘《ただたんきゅう》のみ此《かく》の如きを得ること有り」

と、「茶道」の文字を用いた詩を残している。これは「茶道」の語の最も早い用例との指摘がある。ただ、「丹丘」と、道教の仙人の名が挙げられていることでわかるように、この茶道の「道」の文字は、やはり道教を意識してのものと思われる。

皎然は、杭州の名刹霊隠寺で受戒、僧侶としての道を選び、天台、華厳の両宗を修め、後に禅僧に転じていた。茶を讃えて「何《なん》ぞ諸仙《しょせん》の瓊蕊漿《けいずいしょう》[仙人の飲料]に似たる」などと、仙人に触れているように、彼の茶に関する詩文や、喫茶に伴う行動は、道教の世界に身を置いてのものと言ってよい。もっとも中国でのこの時代、禅と道教はきわめて近いものが

あった。仏門を飛び出し、道士的な生活を送っていた陸羽と禅僧の皎然が莫逆の交わりをもつことが可能だったのも、こうした宗教的、精神的背景あってのことだったのだろう。

陸羽によれば、皎然の生涯は、「ただ陶《とう》と謝《しゃ》に将《したが》いて、終日情を忘るべし、多く相《あ》い識《し》るを欲せず、人に逢《あ》いて名を道《い》うに懶《ものう》し」(「陸文学自伝」)という日々だった。つまり陶淵《とうえん》明《めい》(三六五―四二七)と謝霊運《しゃれいうん》(三八五―四三三)の生き方に倣い、終日、世情、俗情をすべて捨て去っての生活だった。この煎茶精神の原風景と言ってよい世界の形成に、陶淵明が大きな位置を占めていたことは、漱石と煎茶を繋ぐうえからも注目される。『草枕』でも、冒頭で言及されるのは、王維とともに陶淵明である。が、皎然の「陶に将《したが》いて」について言えば、例えば、重陽の節句に、陸羽と茶を楽しんだ様子を詠った皎然の詩、「九日陸処士《しょし》羽と茶を飲む」でも、「九日山僧の院、東籬の菊また黄なり、俗人は多く酒に泛《うか》べ、誰か解せん茶の香を助くることを」と、陶淵明を偲んでいる。「東籬の菊」は、陶淵明の脱俗隠棲の精神の象徴ともされているが、陸羽、皎然の煎茶が、世俗の茶からは遠く隔たった、隠逸・文雅の道につながるものであることの主張である。

唐王朝と煎茶

ところで陸羽の煎茶は、すぐれた茶の実用書でもある『茶経』の出現によって、『封氏聞見記』に「茶道大いに行われ、王公朝士飲まざる者無し」とあるように、文人や詩僧の間だけではなく、唐王朝をはじめとする貴族・官人社会に広くゆきわたることとなった。陸羽も「城中、王公の門では、茶の二十四器のうち一つが闕《か》けても茶は成立しない」と、唐王朝の皇帝以下、朝臣、地方長官、知識階層としての士大夫等が煎茶を喫することに意を用いていた。この「城中、王公の門」に陸羽の煎茶を盛んにし、その内容を一層高めるうえで大きな貢献を果たしたのが、陸羽、皎然とともに「茶道三友」に数えられた顔真卿である。陸羽はその生涯の転機に、さまざまな優れた人物の支援を受けて成長を遂げているが、茶神として後世仰がれるうえで、詩僧皎然を除けば、顔真卿との出会いほど決定的な出会いはなかったと思われる。二人の出逢いは、陸羽の住む湖州に、顔真卿が刺史《しし》として赴任してきたことに始まる。陸羽四十六歳の時のこと。

顔真卿の生涯は、唐朝への忠誠に貫かれていた。学者の家に生まれ、学問・教養・人格において人並秀れたその存在は、ひたすら唐王朝の権威回復に傾注されていた。安禄山(七〇五―五七)が反乱を起こした時、平原において逸早《いちはや》く義兵を挙げ、玄宗皇帝を感動させた。しかしそのあまりにも高い理想主義は、現実的な政治家の受け入れ難いところ、忠臣・功績の人でありながら、幾度となく中央政界から追い出されていた。政界の浄化、綱紀の粛正に努める彼は、凡俗の政治家には煙たい存在だった。陸羽と出逢う、湖州刺史としての赴任は、四度目の左遷にあたっている。

　顔真卿が陸羽を支援した活動のなかでも、忘れることのできないのは、皎然の住持妙喜《みょうき》寺《じ》境内の絶景の地を選び、陸羽のために茶亭「三癸《さんき》亭《てい》」を造ったことである。その詳しい内容は顔真卿自身の撰文による「杼山妙喜寺碑《ちょざんみょうきじ》」や「三癸亭詩」に記されており、皎然の『杼山集』にも、「顔使君真卿と陸処士羽、与《とも》に妙喜寺の三癸亭に登るに和し奉る。亭は即ち陸生が創《はじ》むる［命名を指す］所」と題する詩が収められており、茶亭の有様がよく描かれている。「徳が高く賢明な人は、人に先んじて物事を創造するもので、その切り開いた道は、すべてに趣がある。この三癸亭の方丈の間で」「居然として雲霄《うんしょう》［高位の人］に遇《あ》う」（「三癸亭詩」）と、顔真卿は茶人陸羽の姿を語っていた。

　殿中侍御史《でんちゅうじぎょし》は、宮殿内の儀礼を監督する官職だが、時の殿中侍御史袁高《えんこう》（七二七―八〇六）が、浙江観察使として湖州を巡検に訪れる機に茶亭は設けられた。おそらく、茶に詳しい袁高を迎えるために、茶道三友が熟慮を重ねた末に出した結論、特別の待遇と見てよいだろう。袁高は、皇帝に献上する茶、貢茶《こうさ》の制度が農民にもたらすさまざまな弊害を皇帝に訴え、「茶山詩」を残したことでも知られている。それは、

「夏王朝の創始者禹《う》が国土を巡視し、各種の調査を行い、租税貢賦《こうふ》の法を定めた「禹貢《うこう》」の精神は、民の生活を安定させるためだった。ところが後世の皇帝はその根本を忘れ、周

りの役人たちも敢えて進言しない」
「悪賢い官吏はこの献上茶の為にあらゆる手段を使い、千金を費やし、庶民を日に日に貧しさに追い込む」。

さらに、
「私は顧渚《こしょ》に来て、製茶の実態を自らこの目で確かめた。貢茶《こうさ》〔献上茶〕の為に田畑が荒れ、わずかな収穫の為に多くの農民が辛苦する様を」（『全唐詩』巻三一四）
といった、思い切った政治批判の詩である。この袁高「茶山詩」でも明らかなように、王朝と茶の関係が深まるとともに、一方徳政、悪政が論議されはじめることにも、大いに注目しておきたい。

2 盧仝の煎茶精神

盧仝の煎茶と諷刺精神

唐代の煎茶を語るなかで、欠かすことのできないもう一人の人物、それは詩人の玉川子《ぎょくせんし》盧仝《ろどう》（七七五？―八三五）。中国はもちろん、韓国、東南アジアの諸国、いや米英などの西欧諸国でも、茶に関心を寄せる者には著名の人物である。しかし我が国では、陸羽の名に押され、一般にはあまり知られてこなかった。茶の湯文化が独自の発展を遂げ、長期にわたり飲茶世界を席捲していることにもよるだろう。しかし盧仝は、陸羽の煎茶の「文雅」や「王朝の趣」といった内容に加え、さらに一層の社会性、政治性を深めている点で、その果たした役割は大きい。

捨て子であった陸羽に対し、盧仝の氏素性《うじ》には確かなものがある。「家甚貧窮《はなはだひんきゆう》」ながら詩人の家系で、それだけに幼い頃から「刻苦読書」に努めていた。盧仝の、陸羽の『茶経』に比肩する業績の一つに「煎茶歌」がある。唐代以降、宋、元、明、清と千年を越える歳月、多数の漢詩人が詠んだ茶詩は、残るものでも千首を超える。その数多い中国詩人の茶詩のなかでも、盧仝の「煎茶歌」は古今の絶唱と称され、また後世の喫茶詩で、盧仝の茶詩を踏まえないものはないとさえ言われる。

この「煎茶歌」は、盧仝の知友常州《じようしゆう》の刺史孟簡《もうかん》（？―八二四）が、皇帝に献上すべき、当時第一級とされた陽羨《ようせん》の新茶（現在の江蘇省宜興《ぎこう》県で採れた茶）の一部をくすねて贈ってくれたのにたいし、その感激、歓びを盧仝が詩に託し、礼状として送ったもの。詩の原題は「筆を走らせ孟諫議《もうかんぎ》の新茶を寄《よ》するを謝す」というもの。「七碗茶歌」「茶歌」、あるいは「玉川茶歌」等の名でも呼ばれている。
詩中最も有名なのは、一椀から七椀に至る件《くだ》りである。

一椀《いちわん》喉吻《こうふん》潤《うるお》い、
二［両］椀孤悶《こもん》を破る
三椀枯腸《こちょう》を捜《さぐ》るに、唯《ただ》文字五千巻有るのみ
四椀軽汗発し、平生不平の事、尽《ことごと》く毛孔に向かって散ず
五椀肌骨清く、
六椀仙霊に通ず
七椀にして喫するを得ず、唯覚ゆ両腋《りょうわき》に習習として清風の生ずるを

椀数を重ねるごとに高まる茶の効用、茶の境地を見事に詠い上げている。
もっともその先例は、先の詩僧皎然の詩にもあった。茶を溺愛する崔君《さいくん》に宛てた「飲茶歌」の中で、皎然も、「一飲《いちいん》昏寐《こんび》を滌《あら》い、情思爽朗《そうろう》にして天地に満つ。再び飲めば我神を清め、忽《たちま》ち飛雨の軽塵を灑《あら》うが如し。三飲すれば便《すなわ》ち道を得《え》て、何《なん》ぞ須《すべか》らく煩悩《ぼんのう》を破るを苦心せん」（『唐詩選』）と詠っていた。

盧仝の詩が、皎然に影響されたと見る限りにおいて、陸羽・皎然・盧仝は一つの喫茶精神、道教を基盤とする「茶道」を共有していたことになる。盧仝の「煎茶歌」に詠われている興趣や境地は、いわば唐代の喫茶精神を代表するもので、とりわけ「七椀にして喫するを得ず、唯覚ゆ両腋《りょうわき》に習習として清風の生ずるを」の詩句中の「清風」の文字は、煎茶の精神を象徴するものとして定着する。

漱石の句に「梅林や角巾黄なる売茶翁」と、近世煎茶中興の祖、売茶翁を詠むものがあるが、その売茶翁の茶亭は盧仝の詩「六椀仙霊に通ず（六椀通仙霊）」から「通仙」の二字を選んで命名、その空間に翻る茶旗には「清風」の文字が書かれていた。

盧仝も俗世とは一線を画し、脱俗孤高の生き方を選んでいた。かつて陸羽は、その「生活困頓《こんとん》」を案じた周囲の計らいで、太子文学、太常寺太祝などの高い官職を与えられるが、「節操改変」を嫌い生涯その任には就かなかった。ために「陸処士《りくしょし》」等と呼ばれていたが（「処士」は官に仕えたことのない民間人のこと）、盧仝も同じように、朝廷がその「清介《せいかい》」（心が清く他人に左右されない）なる「節操」を聞き、天子の諫《いさ》め役諫議《かんぎ》大夫《たいふ》として再三徴《め》したが仕えず、その後も一切の官職には就かなかった。仕官に関して「言語纔《わずか》に及《およ》べば輒《すなわ》ち耳を掩《おお》う」程だったと、洛陽の社会派文人で盧仝の師でもある韓愈《かんゆ》（退之。七六八―八二四）が「盧仝に寄す」の中で述べている。「俗徒を憎み門を閉《と》じ出《いで》ざること動《ややもすれば》一紀《いっき》［十二年間」」とも書かれているが、それは単なる奇人的行為で片づけられるものではなかった。現実社会を見据《みす》えての、厳しい審判者たらんとする姿勢だった。

彼の詩「直鉤の吟《ちょっこうのぎん》」は、そうした生き様の一端を示している。

初歳魚を釣ることを学び、
自《おのず》から謂《い》う魚は得《え》易《やす》しと。
三十釣竿《ちょうかん》を持ち、
一魚も釣り得ず。
人の鉤《つりばり》は曲がれり、
我が鉤は直《ちょく》なり。
哀しい哉《かな》我が鉤は又食無し。
文王已《すで》に没して復《また》生ぜず。
直鉤の道は何《いず》れの時か行われん。

曲がったことの嫌いな盧仝、権謀術数・曲学阿世からは、はるかに遠い人であったことがわかる。「我が鉤は又食無し」とは、賄賂横行の政界の現実に向けての、盧仝の慨嘆。

漱石が最も強く求めていた、人間としての誠実さにおいて、盧仝は、おそらくその理想的な一人であったに違いない。
先の「煎茶歌」の終わりは、

山上の群仙下土を司《かどつかさど》り、
地位清高にして風雨を隔つ。
安《いず》くんぞ知《し》るを得《え》ん百万億の蒼生《そうせい》の命、
巓崖《てんがい》に堕《お》ちて辛苦《しんく》を受くることを。
便《すなわ》ち諫議《かんぎ》に従いて蒼生を問う、
到頭蘇息《とうとうそそく》することを得ざるや否や。

とある。野生の優れた茶を手に入れるため、険しい山中、厳しい労働条件下の茶摘みは、「百万億の蒼生」にとっては命がけ。こうした農民の窮状を、「地位清高」で安穏として暮らす為政者は、本当に分かっているのか、と激しい憤りを叩きつける。そして、いったいいつになれば、多くの民は、本当に安楽な生活をすることができるのかと、それまで謳い上げていた新茶を手にした喜びや、茶への賛歌は一転、孟諫議への礼状に始まったこの

「煎茶歌」は、皇帝の秘書役に向けての詰問状に変わる。

前に見た、袁高《えんこう》の「茶山詩」にこめられた、庶民、農民をいたみ、官吏を糾弾する姿勢と変わりのないものがある。皎然の詩とともに、袁高の詩も、盧仝の頭にはあったのかもしれない。しかし、盧仝の、先の詩にも見たような、実直な人柄も影響したのだろう、弱者への温かい視線を伝える「煎茶歌」は、今日に至るまで人々の心を捉え、絶えることなく愛誦されている。それは、皇帝がその詩に動かされ、貢茶の減量を指示したという実績を持つ袁高の「茶山詩」を遥かに凌ぐ絶唱とされた。

「月蝕詩」

盧仝の名が不朽のものとして後世に伝えられる、さらなる背景に、実は政治風刺詩「月蝕詩」の存在がある。すでに司馬遷は『史記』で、星座と朝廷の官職を対応させ、各王朝の天体の異常現象と社会の動乱とを重ねて語っていた。また月蝕は、刑法が不明瞭で、権臣が乱政を行う世、太陽や月を蝦蟆《がま》（カエル）が食べる現象とも書いている。それが脳中にあったかどうか、盧仝もまた、政治批判の風刺詩「月蝕詩」を書いた。「筆を弄《ろう》して同異を嘲《あざけ》り、怪辞《かいじ》に衆を驚かして謗《そし》り已《や》まず」と韓愈も評していたように、千七百余文字の、きわめて難解なこの長詩は、盧仝を語るには、より重要な手掛かりなのかもしれない。

元和五年（八一〇）庚寅の年に詠まれた、個性豊かで、非凡な眼力の透徹するこの詩は、後世にわたって「争議《そうぎ》頗《すこぶる》多《おおし》」と評されるものだが、我が国では、あまり取り上げられることなく、盧仝の名は、専ら「煎茶歌」に集中、そこにとどまった。中国でも、怪しげで幻想的、奇妙で捉えどころのない作品「牛鬼蛇神」（王士禎書）と酷評する者もいた。しかし盧仝の師韓愈は、その王朝への忠誠心、節操、清廉を愛し、盧仝を他の門弟とは異なり、「玉川先生」と呼んで敬重の意を示していた。「月蝕詩」をいち早く評価し、激賞を惜しまなかったのも韓愈だった。難解と批判の多い詩に籠められた、深い思想性、風刺的内容を解き明かし、真の「盧仝豪放之気」を世に広く知らせたいとの思いからか、「月蝕詩効《ならう》玉川子作」をも書いている。

その「月蝕詩」だが、盧仝は月の光は天の眼とし、奸臣《かんしん》の乱政により朝政が危機に陥った時、その瞼が閉じるとした。月蝕の年は憲宗《けんそう》（七七八—八二〇）の時代だった。玄宗皇帝以後の唐王朝の衰退の回復に努めたが、いっぽう宦官の横行を許す結果を招いていた。盧仝は、まず月蝕の様子を「瑰麗《かいれい》［優れて美しい］」な詩語を用いて描写するも、「此時怪事発す」と、月が突然何者かに食い尽くされる悲惨な様子を述べ、さらに筆鋒は一転して、宦官の専権横暴、その危害を指弾、「人は虎を養い、虎に嚙まれる」と強い調子で憂懼《ゆうく》を示す。つまり、自然現象を利用し、憂国憂民の情念に燃え、唐王朝の政局に対してきわめて厳しい批判に出た。皇帝による人材登用の不適や不徳な私生活にも諫言《かんげん》を憚《はばか》らず、悪徳宦官によって唐王朝、唐皇帝の威光が蝕《むしば》まれていく病弊を痛烈に風刺する。しかし、詩の最後では、天（皇帝）が、二つの眼（太陽と月）をしっかり見開き、刑法を公平に行使し、清明な政治を国の隅々までゆきわたらせるようにとの、強い希望が述べられる。

時の皇帝に、聖王・聖帝の証《あかし》として天下に謝罪の気持ちを示す決断を仰ぎ求めており、まさに忠臣の熱情が吐露されていたのだが、「月蝕詩」は、また予言詩とも言われたとおり、盧仝の杞憂は現実のものとなり、元和十五年（八二〇）皇帝憲宗は宦官によって暗殺される。さらに事態は悪化、次の皇帝文宗（八〇八―四〇）の大和九年（八三五）、宦官の勢力を打ち砕こうと、大量粛清の計画が立てられるも事前に露見、逆に文宗は捕らえられて幽閉の身となり、そのまま崩御する。「甘露の変」と呼ばれるものだが、盧仝の願いも空しく、唐王朝での宦官による権力掌握がほぼ確実なものになった。

そして、盧仝もまたこの内乱の犠牲となる。宰相で詩人の王涯《おうがい》（七六四―八三五）の邸《やしき》で会食している時、宦官の差し向けた兵が乱入、盧仝が、山人たる自分が何故かと罪状を問うも、山人ならどうして宰相府にいるのか、それだけでも罪だ、と問答無用とばかりに殺害される。

宰相の王涯は、茶取引の榷茶使《かくちゃし》の任にもあり、また「文思清麗、風格雅正」（『唐才子伝』）と評され、優れた詩文を多く残している。「月蝕詩」などを見る限り、盧仝も王涯の唐王朝への献身的な働き、それによる財政の立て直し等に、強い共感を寄せていたと思える。「君恩を思う」の詩を王涯も詠じていた。盧仝は何のかかわりもないのに巻き添えを食った、と記す伝記作者もいるが、私はそうではないと思う。盧仝は王涯とともに、宦官の横暴について熱く談じていたに違いない。盧仝はまた、直接「月蝕詩」の中で、王朝、皇帝への忠誠の赤心を切々と披瀝していた。「玉川子また涕泗《ていし》［涙］下り、心禱《しんとう》再拝額《ひたい》を砂土《さど》に中《あ》て搨《の》す」と、涙ながらに土下座、宦官たちの悪逆非道を訴える。忍ばせた懐剣で宦官の黒い腹を切り裂きたいとも言い、皇帝が私の訴えに耳を傾け、道筋をつけてもらえれば実行に移すとも言う。皇帝の困窮を救うためには、自らの一命を捧げるのも惜しまないとの覚悟も述べている。全詩にわたり、激しい思想や行動を直接的な用語で語らず、芸術的に、その風格を高め詩文に表現しているところは、まさに漱石の作品に似たものが感じられる。

文雅な内容の、古今の絶唱として人口に膾炙《かいしや》している「煎茶歌」の詩人盧仝からは、「臣心有鉄一寸《しんこころにてついっすんあり》」（「月蝕詩」）という姿を想像することは難しい。だが、盧仝の名が不滅のものとなったのは、単に「煎茶歌」のためだけではなかったことを、銘記すべきだろう。「心に慼慼《せきせき》［深く憂う］を有する」文人たちは、難解、難渋な詩体の「月蝕詩」に、盧仝の思想が明晰に、しかも巧妙に構成されていることに感動、同感し、その情念に激発されたという。それだけに、盧仝は、政治風刺詩の世界で、その劈頭を飾る人物とされている。彼はまた我が国近世の「煎茶」誕生のうえで、その精神の源流に位置するきわめて重要な人物なのである。漱石は、例によって盧仝の名を筆にしていないが、売茶翁を介して、もちろん熟知の人物と言ってよい。売茶翁に傾倒していた漱石、売茶翁が死の直前、自らを「盧仝正流兼達磨宗四十五伝」と名乗っていただけに、関心を寄せないわけにはいかなかっただろう。

陸羽のもう一面

実は「煎茶之法」を創出した陸羽も、茶神の呼び名で想像するような、穏やかな脱俗隠棲だけの人ではなかった。節度使安禄山《あんろくざん》が、唐王朝への謀反を起こしたのは、陸羽二十四歳の時だった。彼は直《す》ぐに「四悲の詩」を作り、「天の綱《こう》［掟、法］を失うを悲しまんと欲す」「烽烟《ほうえん》虎狼の縦《ほしいまま》にして、民の処《ところ》を失うを悲しまんと欲す」「犬羊の若《ごと》く駆《か》られ、悲しみは五湖に盈《み》ち山は色を失い、夢魂《むこん》と泪《なみだ》は西江を繞《めぐ》る」と時世を嘆いている。安禄山、史思明（?—七六一）の行動が挫折、反乱も鎮圧された乾元元年（七五八）には、長安や洛陽の回復を祝い、煎茶器風炉《ふうろ》（涼炉《りょうろ》）を造って、「聖唐が胡《こ》を滅《ほろぼす》の明年《あくるとし》に鋳《い》る」の銘文を、鼎《かなえ》の足に鋳込ませてその喜びを表していた。唐王朝への熱い情念を内に秘めていたことがわかる。さらに上元元年（七六〇）には、宋州の刺史劉展《りゆうてん》（生没年未詳）が謀叛、この時も、陸羽は「天の未明の賦」を作り、警世の一言を示していたが、秀れた指導者を欠き、権謀術策に明け暮れる唐王朝の衰勢挽回の力にはならなかった。時の人は多く陸羽の詩に感泣したと、「陸文学自伝」には記されている。

こうして、陸羽、皎然、顔真卿、そして盧仝といった人々の精神によって鋳られた煎茶は、弱者への目線からする理想政治の待望、その現実化を軸とする王朝への忠誠、そこから生じる政治批判、その表現手段としての文学と一体になって、一層その世界を広げ後世に継承されていく。それはまた漱石の内面の世界と、多くを共有していた。

3 王朝の伝習としての茶

平安王朝に息づく唐代の煎茶

我が国に、唐代の「煎茶」が伝来されるのは平安時代のこと。先進国唐王朝の強い影響を受けて築かれた王城の地京都と深い繫がりを持って誕生する。少し時代は下るが源高明《みなもとのたかあきら》（九一四―八二）が著した有職故実書『西宮記《さいきゅうき》』には、「茶園」が「主殿寮《とのもりょう》の東に在り」と記されており、新都誕生の時から茶の存在が知られている。異論もあるが、奈良時代から引き継がれたともされ、聖武天皇（七〇一―五六）は、天平元年（七二九）宮中に衆僧を召し、国家の安泰と天皇の静安を祈願するために、季御読経《きのみどきょう》を制度化、その二日目に衆僧に茶を給する「引茶《ひきちゃ》」または「行茶《ぎょうちゃ》」と呼ばれる振る舞いをしていた。しかし、こうした、儀式的な茶とは異なり、唐王朝や詩人の間に広がっていた陸羽・盧仝の茶、いわゆる「盧陸の道」「盧陸の遺風」である風雅で老荘的な煎茶の導入は、最澄（七六七―八二二）や空海（七七四―八三五）等、遣唐僧・遣唐使たちが持ち帰ったことに始まる。

今日に至る千年の都平安京の、確かな基礎が築かれるのは、嵯峨天皇（七八六―八四二）が即位してから。就任早々「薬子《くすこ》の変」などの混乱はあったものの、その後は平穏な治世が続き、天皇としての十五年、淳和《じゅんな》天皇（七八六―八四〇）に譲位後も、上皇として淳和・仁明《にんみょう》（八一〇―五〇）両天皇の約三十年、施政を指導し、後世に理想政治の範として仰がれるような、古代史上稀に見る「太平」の世が続く、安定した政治的時期が現出する。まさに漱石と同じように、すべてに唐振《からぶ》りを好まれた嵯峨天皇のもと、都城から官制に至るまで、先進国唐に学ぶ姿勢が強く、宮廷を中心に唐風文化が盛んとなる。自身が優れた漢詩人、文人でもあった嵯峨天皇は、曹丕《そうひ》（一八七—二二六）の『典論』に示された、「文章は経国の大業にして、不朽の盛事なり」との政治思想に大きな影響を受けていた。朝廷の主導の下、貴族社会に文雅の花が一時に咲く。勅撰の漢詩文集『凌雲集《りょううんしゅう》』『文華秀麗集《ぶんかしゅうれいしゅう》』『経国集《けいこくしゅう》』などが次々と世に出たことでも異彩を放っている。

『凌雲集』の編者で、「文章は経国の大業」を序文に取り入れた小野岑守《おののみねもり》（七七八—八三〇）は、地方官の時代、大宰府管内の農民の疲弊を憂い、公営田《くえいでん》の耕作を認めるよう建議するなど、庶民の貧しい生活にも目を注いだ。その行政処置は、聖王を理想とする嵯峨天皇の意に添うものだった。初代の蔵人頭《くろうどのとう》になった藤原冬嗣《ふゆつぐ》（七七五—八二六）は、天皇の信頼厚く、重要政務に関与、朝廷の儀式の次第を定める『内裏式《だいりしき》』や、法の整備も行い、勅命を受け『弘仁格式《こうにんきゃくしき》』を撰修するなど、国の体制を整える上での貢献は大きい。「器局［器量］温裕、職量弘雅、才兼文武」「能く衆人の歓心を得る」（『日本後紀』）と評され、文武の才を兼ね、寛容で広く衆人の歓心を得ていた。子弟の教育のために勧学院を開き、自費を割いて、光明皇后（七〇一—六〇）発願で創立されていた施薬院《せやくいん》（貧民救済施設）の費用に充てる等、まさに優れた朝臣のあるべき姿、「文章経国」の実を身を以て示す一人として、天皇も全幅の信頼を置いていた。

日本最古の茶会記録

この優れた寵臣の邸宅「閑院《かんいん》」で、記録された最も早い茶会が催されている。弘仁五年（八一四）四月二十八日のこと、後に菅原道真（八四五―九〇三）編の『類聚国史《るいじゅこくし》』には、その日を懐旧するかのように「甚だ雅致《がち》有り。天皇翰《かん》を染め、群臣詩を献ず。時人以て佳会と為す」と記されていた。この「佳会」は、まさに茶会、茶宴を指すもの。そして「天皇翰《かん》を染め」は、嵯峨天皇が作詩し、揮毫《きごう》した様子を伝えるものである。天皇は、閑院の池泉回遊式庭園の素晴らしい景観を詠った後、「詩を吟じ厭《いと》わず香茗を搗《つ》き、興《きょう》に乗《じょう》じて偏《ひとえ》に雅弾《がだん》を聴《き》くに宜《よろ》し、暫《しば》し清泉に対して煩慮《はんりょ》を滌《あら》い、況《いわ》んや寂寞《せきばく》の日に歓《かん》を成すをや」（『凌雲集』）と作詩している。「香茗」の「茗《めい》」は茶を指す。

中国の科挙に倣《なら》ったのか、この時代文章生《もんじょうのしょう》になるには省試《しょうし》（詩賦の試験）が行われたが、合格者の一人滋野貞主《しげののさだぬし》（七八五―八五二）もこの日、天皇に「陪幸《ばいこう》」し詩を献じた群臣の一人。「茗を酌《く》む薬室［堂］径《みち》を行きて入り、琴を横《よこ》たう玳席岩《たいせき》に倚《よ》りて居《お》る」（『凌雲集』）と、「応製《せいにおう》」じて詠じている。同行の皇太弟、後の淳和天皇も、「閑の字を探《さぐ》り得たり」として、やはり喫茶の様子を取り上げている。

「暑を避《さ》け風を追う長松の下《もと》、琴を提《さ》げて茗を搗《つ》く老梧の間」（『文華秀麗集』）。

詩中の「香茗を搗《つ》き」、あるいは「茗を搗《つ》く」の表現からもわかるように、これは陸羽が、『茶経』で詳しくその製法、飲み方を指導した、団茶（餅茶）を指す。それを「薬室［堂］」と呼ばれる空間で喫していた。まさしく唐代の陸羽や顔真卿等が楽しんでいた煎茶と言ってよい。最澄・空海らの帰朝後比較的短い期間に、立派な喫茶の宴が開かれるまでになっていたことは注目される。こうして我が国でも平安時代に、「煎茶」は王朝の雅としての地歩を固めてゆく。

冬嗣の閑院での「佳会」の翌弘仁六年（八一五）、嵯峨天皇の勅命を受けて編纂された六国史《りっこくし》の一つ、『日本後紀』の四月二十二日の条に、天皇が近江の国滋賀「韓埼《からさき》」に行幸《みゆき》された記事がある。天智《てんじ》天皇（六二六―七一）の勅願により、大津宮遷都の翌年に創建された崇福寺《すうふくじ》に立ち寄り礼仏、さらに同じく比叡山麓の、桓武天皇（七三七―八〇六）によって建立された梵釈寺《ぼんしゃくじ》に輿《こし》を停《と》められた。琵琶湖を一望千里の眺望のよい景勝地だけに、天皇は直ちに「詩を賦」し、また「皇太弟［淳和］および群臣も和し奉る者衆《おお》し」と、文雅の会が開かれた。その時「大僧都《だいそうず》永忠《えいちゅう》、手自《てず》から茶を煎《に》て御《ぎょ》し奉《たてまつ》る［お勧《すす》めする］」と、煎茶の文化史を語る上で見落とせない一文が記載される。原文は「大僧都永忠手自煎茶奉御」とある。我が国喫茶史上、茶に関する記述の初見とされ、それが「煎茶」の文字ということだった。

永忠（七四三—八一六）は京都の人、宝亀年間（七七〇—八一一）のはじめ唐に渡り、延暦（七八二—八〇六）の末に帰朝した。経学や音楽に優れ、深い学識と文雅な技芸に、文人的な多才さを示したことでも知られ、桓武天皇の命により梵釈寺の大僧都になる。彼が留学僧として唐に滞在していたのは、陸羽が茶亭三癸亭で茶人として熱心に活動していた時期に相当している。永忠も中国各地を広く歩いた人で、詩僧、文人との交流も多く、唐代の文雅な茶を誰よりも多く体験していた。「経論《きょうろん》に渉《わた》り音律を解し、善く威儀を摂《ととの》う」（『元亨釈書』）とされ、広い教養、豊かな情操の人であった。空海とも交流があり、ともに中国での喫茶情報についても確かなものを身につけていたと思われる。それはともかく、我が国での煎茶の文字の最初は、この永忠が近江の梵釈寺で嵯峨天皇に献上したという場面に登場するのである。

後世の煎茶台頭とともに、嵯峨天皇の名が必ず取り上げられるのは、幕政批判の先に控えるもの、理想の対象としての聖天子による善政の存在だった。尊皇精神の台頭にも、王政復古を説く上でも、嵯峨天皇は欠かせない存在だった。その理想を代弁する、あるいは象徴するものとして、「煎茶」が、近世の文人たちに意識されていた。漱石が句に詠んでいた売茶翁も、後に詳しく述べるが、理想政治としての王政復古を意識したものとして煎茶を捉えていたことは間違いない。中国においても、唐王朝の理想的な時代、「貞観の治」

や「開元の治」の再来を願って高まった「煎茶」だけに、嵯峨朝でも「煎茶」は、単なる風雅の遊びとしてではなく、その精神を理解した上で迎え入れられていた、と見てよいだろう。

4　近世の煎茶精神——尊王と反体制

抹茶に変わる葉茶の到来

唐代には、茶葉を搗《つ》き潰して団子や餅のように固めた団茶・餅茶と呼ばれたものを、粉に削り、沸騰した湯の中に入れて煎じて飲んでいた。これが宋代には片《へん》茶・散茶と呼ばれるものに変わっていく。片茶は団茶・餅茶と同じ固形のものだが、石臼などで磨って粉末にしたものを固めたため、より粒子の細かい固形茶となった。散茶は固形化されていない粉末の茶で、宋代にはこの散茶が茶の主流となった。抹茶である。鎌倉時代にこれが栄西(『喫茶養生記』)により日本に紹介された後は、茶の湯の展開につながってゆく。しかし中国では、元代を最後に抹茶の流行は衰退する。

中国の喫茶の世界でさらなる変貌、粉末から葉茶使用への転換、茶筅での攪拌から茶瓶（急須）使用への変革が起こったのは、朱元璋《しゆげんしよう》（一三二八—九八）が明の太祖洪武帝となり明王朝を興してからのことになる。我が国では三代将軍足利義満（一三五八—一四〇八）の時代と重なる。それだけに、早くから、五山の禅僧の生活の中に煎茶が存在し、彼らの残した「五山文学」の詩文中に、煎茶や煎茶器の使用が見出されても史実としての矛盾はない。漱石は、こうした史実を踏まえ漢詩を作ったり、また徳富蘇峰（一八六三—一九五七）宛の書簡で五山の詩僧に触れたりしているのだが、その茶への関心と該博な知識には、正直驚きを禁じ得ない。

我が国の喫茶史は、奈良時代以来、つねに中国の喫茶法の変遷に伴い、その内容を変えてきた。ところが、明代の抹茶から葉茶、茶筅から茶瓶という、新しい喫茶法への移行は、我が国では、中国での変革からおよそ二百六十年余りもの長い歳月遅れてのことであった。この事実は、むしろ異常とみてよいだろう。禅僧の往来をはじめ日明貿易などさかんな交流がありながら、葉茶を、茶瓶を用いて飲む喫茶法、今日私たちが言う煎茶は、長い間歴史の表舞台に出ることはなかった。茶の湯への執心の強かった信長（一五三四—八二）や秀吉（一五三七—九八）といった権力者の存在が、これには大きく影響していたと考えられる。しかし、茶の湯への嗜好が二人よりは少なかった家康（一五四二—一六一六）が天下を統一すると、様相が一変する。豊臣の家臣に優れた茶の湯者が多かったことも意識されていたのか、豊臣方一掃の時代背景と、長く封印されていた煎茶の容認――その二つには結びつくものがあったに違いない。

煎茶将来についてのさまざまな説

茶瓶を用いて葉茶を使用する、いわゆる煎茶、これの台頭のきっかけをもたらしたのは、渡来僧、黄檗宗の隠元隆琦《いんげんりゆうき》（一五九二―一六七三）だった。煎茶愛好家である田能村竹田（一七七七―一八三五）は、「近日用いる所の葉茶、相伝《あいつた》う僧隠元将来と、未《いま》だ果《はた》して然《しか》るや否《いな》やを知らず」（『石山斎茶具図譜』）と、その史実に疑問を呈しているが、述べたように、近世以前に煎茶が日本に伝来した可能性は十分にあった。しかし、隠元将来が定説化され、それが広がるのは、やはり武家―茶の湯、公家―煎茶の構図がより重視される時代背景のもとでのことであった点に注意したい。反幕的意識が強く、陰に陽に徳川家の圧力に抗していた後水尾院（一五九六―一六八〇。院政が長く、この称号に統一）が、深く隠元に帰依、その文雅な喫茶文化が我が国王朝の雅と一体化するなかで隠元将来説が不動のものになっていったと思われる。

一方、石川丈山（一五八三―一六七二）を煎茶家の祖とする説がある。これは後世に捏造されたものだが、今でも詩仙堂をはじめとする空間意匠は煎茶的と捉えられており、それには私も異存はない。利休とは異なる喫茶空間の美意識を、中国の詩人や五山禅僧から示唆を得て養っていたと見れば、それは理解できる。大胆な推測ということになるが、秀吉の印象が深く刻まれた茶の湯とは異なる茶の世界の構築を、家康以下の将軍たちが脳裏に描き、徳川家恩顧の丈山に新しい茶を託す思いがあったというのかもしれない。詩仙堂は寛永十八年（一六四一）、丈山五十九歳の時に造営されるが、それは、隠元が、二十人の弟子を率い、鄭成功《ていせいこう》（一六二四―六二）仕立ての船に乗り、承応三年（一六五四）に長崎へ来港する以前である。隠元は渡来後七年近く経った万治三年（一六六〇）、帰国断念の事態に至り、四代将軍家綱（一六四一―八〇）から後水尾院の生母、中和門院《ちゅうわもんいん》（または、ちゅうかもんいん。一五七五―一六三〇）の宇治の別邸に土地を与えられ、寛文元年（一六六一）に黄檗山万福寺《おうばくさんまんぷくじ》が開創される。

　鄭成功仕立ての船に乗り、ということでは、明の儒学者朱舜水《しゅしゅんすい》（一六〇〇―八二）の存在も気になる。幕府儒官で詩も能くした人見《ひとみ》竹洞《ちくどう》（一六三八？―九六）らの、抹茶と異なる茶の存在についての熱心な質問に、舜水は具体的に答えている（『新訂朱舜水補遺』）。このことからもわかるように、明代の新しい茶の情報は、隠元に限られるものではなかった。舜水は、崇禎十七年（一六四四）明王朝が滅亡、満州民族が新しく清王朝を樹立したとき、その抵抗運動、いわゆる「復明抗清」に加わり、台湾を根拠地に立ち上がった鄭成功を支援、中国・安南・日本の三角貿易、「海外経営」を行い、長崎にしばしば足を運んでいた。鄭成功の要請を受け、日本に援軍を求める役を担い、いわゆる「乞師《きっし》」としての役目も負っていたのである。隠元にも日本乞師説があり、最後まで将軍家綱との面謁にこだわっていたのも、援軍要請を使命とする鄭成功との密約があったとの史論も数多い。

しかし近世において、喫茶の変革のより具体的な一歩を踏み出したのは、後水尾院と隠元の二人だった。京の公家文化にも強い影響を与えた隠元、従来ほとんど語られてこなかった隠元と後水尾院の親交の観点からは、茶の文化に限っても、茶の湯文化の陰に隠された、多くの未知の世界が横たわっていると言ってよい。元来古代の王朝に端を発する「煎茶」文化の、近世の扉を開いたのは、王政復古の意志を秘め、後水尾院とともに確かな実績を積み重ねていた隠元隆琦でなければならなかった。漱石の煎茶精神の理解も、間違いなくこの道筋に添うものだった。

後水尾院と隠元

万治元年（一六五八）、江戸幕府四代将軍徳川家綱との会見に成功、乞師としての使命を果たそうとした隠元だったが、二人の対話は、今の時間で三十分そこそこだったと言われている。援軍要請が不調に終わったこともさることながら、人間として響きあうものを互いに抱くことがなかったのだろう。それに対し、互いの王朝の衰退を嘆じる気持ちの共有だけでなく、文学の世界でもその才能を敬愛しあう仲の後水尾院との関係は、これに対照的なものであった。

仏教のみならず、儒教・道教についても造詣が深く、また詩文、書の才に優れていた隠元の将来したものは、禅風の革新のみに終わらなかった。明朝文人風の学芸、文人趣味の将来であり、中国趣味のさらなる展開である。同行の黄檗僧の多くも詩文、書画を能《よ》くし、新しい禅としての黄檗宗が迎え入れられ、寛文元年（一六六一）には、隠元を開山とする宇治黄檗山万福寺が建立され、異彩を放つことになる。彼ら黄檗僧の行動の先々には、芸文的、知的刺激が満ち、我が国の当時台頭しはじめた文人たちを魅了してやまなかった。幕藩体制で閉塞してゆくなか、外の世界への強い憬れを抱く江戸時代初期の学者や、芸文に関係する者にとって、万福寺および黄檗文化は、もっとも斬新で感動的な内容に富んでいた。文学、史学、美術、医術、建築、築庭、音楽、印刷等々、広汎な領域にわたって時代を切り開く、魅惑的な文化の淵藪の地として、燦然たる輝きを放っていた。

隠元の事績が可能になった事情について、「後水尾院や将軍家綱の帰依を得て」などと書かれるように、隠元の朝廷と幕府との関係を等距離のものとして語られることが多いが、隠元と後水尾院の親密度と、隠元と家綱との当時のそれには、先にも述べたように格段の相違があった。幕府から寺領四百石を拝領したことや、万福寺の紋が徳川家の紋に因《ちな》む「裏葵」であることなどは、家光や家綱等将軍家と隠元の政治的な近さを示すものではあっても、決してその精神的な近さを示す証左ではない。

後水尾院は学問・芸術にも造詣深く、俳句、詩歌にも優れ、御集に『鷗巣集《おうそうしゅう》』等がある。文雅の世界でも、隠元との内面的な繫がりは強く、そうした二人の関係の深まりは、決して幕府の意に添うものではなかった。後水尾院と隠元との親交の中で、当然隠元の文雅な茶は、院をはじめ皇族、貴族たちの関心を集めていった。それは精神的深度をもつ文人茶として注目を浴びたのである。「山水の中に居《きょ》して、山水の楽しみを知らざれば、流俗と何ぞ異ならん」といった隠元の主張とともに、「茗《めい》を伝え題《だい》を留《とど》む［茶の素晴らしさを伝え詩を賦す］」。概世［この世のすべて］の楽しみ、此の日に若《し》くは莫《な》し」（『黄檗和尚扶桑語録』）といった、文雅な茶を楽しむ世界が黄檗山内にはあった。古黄檗の寺志には、茶を煎《に》るに適した井水や泉水について、さらに茶園の営まれていたことなども記されており、茶の存在の大きさをうかがわせる。「聊《いささ》か斟《く》む黄檗の茶、舌上に蓮華を放つ」、「雪中煮茶」など、隠元の茶を詠んだ詩偈は数多い。

漱石も、早くから黄檗僧に関心を寄せていた。明治二十八年（一八九五）、松山時代、子規と同居していたときのことだが、漱石の俳句熱高揚期に詠まれた句に、「黄檗の僧今やなし千秋寺」というのがある。翌十月に「その二」として、東京に帰ることにした子規に送って批評を請うているが、そこにも「茶の花や白きが故に翁の像」があった。俳句の世界では、翁と言えばふつうは芭蕉が連想される。現にこの後、十一月に子規に送った句稿では「芭蕉忌や茶の花折って奉る」の句を作っている。しかし、「白きが故に」の後に続く「翁」は、どうも芭蕉ではなく、後に詳しく触れるが、もと黄檗僧であった売茶翁を指す、と私には思える。

豊臣家臣団と茶の湯との親密な関係から、新しい茶への関心を抱いたと思われる家康、秀忠（一五七九―一六三二）の思惑もあり、つまり石川丈山の働きもあり、朱舜水から情報を求めるなど、武家関係者も熱心に煎茶を学ぶという動きはあった。しかし隠元、後水尾院の親密な関係もあって、結果としては「煎茶」は武家社会よりも、公家社会により深く浸透していく。「復明抗清」、王朝を重んじる隠元をはじめとする黄檗僧の文雅な茶は、後水尾院周辺の文人貴族、文人僧の世界に、天皇中心の、平安時代の理想社会を回想させ、王朝の権威を追想させる媒介としての力も担っていた。そして、後に述べるように、平安時代に用いられていた「煎茶」の文字が意識的に選択され復活されてゆく。

漱石は「詩の趣《おもむき》は王朝以後の伝習」（「思ひ出す事など」）と言っていたが、漢詩と煎茶は一体化された文化であり、それだけに煎茶も王朝の雅としての意識を、近世の初頭以降一層高めていくのである。

道澄の「煎茶」主張とその影響

抹茶ではなく葉茶を用いる明代の喫茶法を、あらためて「煎茶」と呼び、茶の湯に対抗する意識的な取り組みを始めたのは、隠元の侍僧、和僧の月譚道澄《げったんどうちょう》(一六三六―一七一三)が最初とされている。詩文にも優れた道澄は、権門勢家の茶の湯にたいして、風雅清貧の茶として「煎茶」を意識的に主張し、「煎茶歌」を謳い上げた。比較的長い詩だが、その中で、

野衲《やのう》は愛せず綺席《きせき》[美しく飾られた]に陪《ばい》することを、
痴憨《ちかん》[愚鈍な自分]只《ただ》岩房に住《すまい》するに合う、
湖東の芳荈《ほうせん》人の餉《たむけ》る有り、
瓦鼎に泉を斟《く》んで葉を焼いて湘《に》る、
筅匙《せんし》[茶筅と茶匙]を用いず磨《うす》を用いず、
爛烹《らんぼう》して[良く煮て]便《すなわ》ち酌《く》んで枯腸《こちょう》を潤《うるお》す

(『巌居稿』)

と詠う。「野衲」は一人称、つまり道澄であり、また彼と心情を共にする詩僧たちのこと。彼らは、権力者や権門勢家の催す、名器の並ぶ茶の湯の席に臨むことを好まず、清らかな自然のもと、素焼きの粗末な茶器で煎茶を煮ることを愛した。「枯腸を潤す」と、唐代の煎茶文化に大きな役割を果たした玉川子盧仝の詩の一句が登場していることにも、注意を喚起しておきたい。文雅で、かつ社会性を秘めた茶が、念頭に置かれていた。この道澄の新しい茶の主張は、後に売茶翁によって大成される「煎茶」あるいは煎茶道の萌芽と見てよいだろう。

幕府によって朝廷の権威の侵されることに強い憂慮をもち、最大限幕府に対抗する生き方を貫いていた後水尾院の意志は、隠元や他の黄檗僧を介して道澄にも強く伝わっていたに違いない。彼の「煎茶歌」の中にも、それは秘かに主張されていた。家光以降、再び茶の湯に対して接近を強めた将軍家の姿勢が、茶の湯と武士社会の結合を深めてゆく一方、天皇を中心とする公家社会においては、雅の文化としての煎茶の位置がより鮮明なものになりつつあった。道澄の「煎茶歌」にも「桑域《そういき》」「日本」、古《いにしえ》へ振《よ》り人咸《ことごと》く賞す。磾茶の節会、峨皇より始まる」と、ささやかながらも、より確かな主張がある。古代より王朝では煎茶が喫されていたこと、「峨皇」つまり嵯峨天皇の時代から引茶の儀礼が行われていたことなどを、改めて人々の意識に蘇らせる意図が示されている。家康統治後、天皇をはじめ公家社会の動きに厳しい目を注いでいた幕府の動静を知る者には、この一句にも多大な抵抗意識のこめられていることがわかるはずである。

道澄の前後、我が国の茶に触れた文章に登場するのは、これと対照的な存在である。

「本朝には、京極道誉《どうよ》・赤松の則祐《のりすけ》、茶香を玩楽し、鹿苑院殿［足利義満］、勝定院殿［義持］、普広院殿［義教］、慈照院殿［義政］、此の道仰慕《ぎょうぼ》して唐物を求め玉《たま》う。能阿弥・珠光伝来して天下に流布《るふ》す」（『分類草人木』、永禄七年）。

あるいは、

「夫《そ》れ、茶の湯の起こりは、普広院殿［義教］・鹿苑院殿［義満］の御代より、唐物・絵讃等、歴々集まり畢《おわ》んぬ」（『山上宗二記』、天正十六―十八年）。

さらには、

「本朝茶礼の行わるること尚し。贈相国喜山公［義政］、真能［能阿弥］が伝を得たまいしよりこのかた、珠光・紹鷗に委《くわ》しく、利休に大成するものなりし」（『茶話指月集』、元禄十四年）。

ほとんどが、我が国の茶、つまりは茶の湯の源を戦国の武将ないしは足利将軍家に求めており、そこには天皇家の茶の事実は一切無視されている。「碾茶の節会、嵯峨皇より始まる」の短い詩句に、道澄と同じ黄檗僧であった売茶翁をはじめ、以後の煎茶愛好の文人、煎茶家は万感の思いを抱いたに違いない。

茶の湯に対峙する茶として、「煎茶歌」を謳い上げ、新しい茶の境地を主張した隠元の侍僧道澄よりも、さらに一歩を進め、具体的な煎茶の世界を築き上げたのが、売茶翁である。

売茶翁——黄檗僧から一服一銭へ

延宝三年(一六七五)肥前佐賀蓮池《はすいけ》の城外道晼《どうえん》に生まれる。彼の誕生前後、隠元や後水尾院らがこの世を後にし、煎茶の一つの時代が終わりを告げようとする時でもあった。父柴山常名(?—一六八二)は、蓮池藩鍋島直澄に仕える御典医だったが、八歳(九歳とも)の時死別。十二歳前後、蓮池の僧で、のちに龍津寺の開祖となった化霖道龍(一六三四—一七二〇)について得度、月海元昭と名を改める。さらに、京の洛中で、黄檗僧月海元昭から煎茶による一服一銭の売茶翁となり、さらには僧を離脱し高遊外を名乗る。その生涯、内面の推移を知る史料はあまりにも少なく、売茶翁とも交遊のあった、相国寺の僧大典顕《だいてんけん》常《じょう》(一七一九—一八〇一)が、翁の生前に残した「売茶翁伝」(『売茶翁偈語』に収載)が、唯一の確かな伝記史料だが、人間形成の貴重な青春期についての記述はほとんどない。

福山暁菴編集の『売茶翁』に附載された「年譜」によれば、元禄十六年（一七〇三）、のちの売茶翁・月海は、宇治の黄檗山に立ち寄り、独湛《どくたん》禅師（一六二八―一七〇六）に面会する。「尋《つい》で京畿の間を優游すること数旬」の文字が目に留まる。その頃の京畿では、学問・思想の世界で、個性的な才能の持ち主が、華やかな論説を展開していた。堀川の町人学者伊藤仁斎（一六二七―一七〇五）は、幕藩体制維持のための御用学問、朱子学を原理的に突き崩し、新しく古学を主張、思想の世界に大きな波紋を生じさせていた。それは、単なる復古の主張ではなく、何よりも現状を打破する上で大きな役割を果たす思想だった。そこから導き出された数々の理論は、元禄の新しい息吹を支える重要な礎《いしずえ》ともなっていた。門弟三千人とも言われ、町人だけではなく、公家も多く、朝廷との縁にも深いものがあった。幕府官学の批判も、京の朝廷や富商の支援によって可能なものになっていた。この仁斎は、伊藤宗恕《そうじょ》（坦菴。一六二三―一七〇八）とも親しく、医家・漢詩人でもあった村上友佺《ゆうせん》（一六二四―一七〇五）とともに、「三人交り尤篤し」と言われる仲だった。坦菴伊藤宗恕はまた、堯恕《ぎょうじょ》法親王、「歌と茶の湯は大のきらいにて、俳諧は名人なり。その英才にてせられれば何ごともなるべきを、歌と茶湯を、あれほどに忌まれしも、見る処ありてなるべし」「一生薄茶もまいらせず、煎茶のみなり」（『槐記』）の生き方をしていた後水尾院の第六皇子、の最も親しい学友でもあった。

さらに、道澄も仁斎と交遊があった。その古義堂を訪れた道澄は、「南軒の清話秋陽煖《あたた》かなり、共に酌む鐺《そう》［釜］中顧渚《ちゆうこしよ》の春」と詠んでいる。「顧渚の春」とあるのは、陸羽命名とされる「紫筍茶」の産地顧渚を指し、名茶の代名詞である。後水尾院、隠元、堯恕法親王、坦菴、道澄、仁斎といった、煎茶をめぐる京の人脈とその活動のなかで、「売茶翁」の精神は形成される。

僧月海が佐賀の龍津寺を離れ、忽然と京に現れ、京都御所の北側、敬愛する夢窓疎石（一二七五—一三五一）開山の相国寺の東傍に住んだのは、享保十九年（一七三四）六十歳のことだった。そこには後水尾院の「歯髪塚」がある。

翌享保二十年、鴨川第二橋辺に住まいを移し、茶亭「通仙亭」を構え、売茶翁としての第一歩を踏み出した。大典の「売茶翁伝」には「大仏燕子《かきつばた》の池、東福［寺］紅葉の間、西山、糺森《ただすのもり》の佳勝、皆時に出舗の所なり」と、旧跡、名勝の地での長閑《のどか》な一服一銭の姿が強調されている。「飲む者美を称し、而して筒中の銭、足《た》るを以て飢を楽しむ」とも書かれていた。

黄檗の禅僧、月海は、頼山陽の指摘する「有心」の下、漱石の言葉を用いれば「王朝の趣」としての煎茶に専心を決意、その後、禅僧としての身分を捨てて還俗、高遊外と名を改めた。しかも「盧仝正流兼達磨宗四十五伝」を肩書きにする。これは老荘思想を身につけていた盧仝を祖と仰ぐことを意味し、禅から道教、老荘への転身と言ってもよい。「達磨宗四十五伝」というのは売茶翁独特の諧謔、そもそも四十五伝などと、禅宗の開祖達磨からその道統を正確に数えるのは不可能と言ってよい。「四十五」は「余所子《よそご》」と読むべきなのだろう。

売茶翁は、「売茶偶成三首」という詩偈を残している。そこで、自らの姿を捉えてこう詠っている。

僧に非《あら》ず道《どう》に非ず又儒に非ず、
黒面白鬚窮禿奴《はくしゅきゅうとくぬ》、
孰《たれ》か謂《い》う金城売弄《ばいろう》周《あまね》しと、
乾坤《けんこん》都《すべ》て是《こ》れ一茶壺

日焼けして真っ黒な顔、白い鬚は顔一面のび放題、貧しい禿げ頭の無能の僧。いったい誰が言うのか、京の町の隅々まで、ただ自慢げに煎茶を売り歩くだけだと。しかし、天地の真理のすべては、この小さな茶壺の中にあるのだ、と。

売茶翁の名、海内にかまびすし

売茶翁が煎茶での一服一銭を始めたころ、東福寺の禅僧と思われる者が、僧侶は伽藍《がらん》に住まいするか、あるいは独り托鉢し、「十方の供養を受け」、もし受けられないときは「乞食してでも自活すべき」で、これは「大聖の遺戒」だと非難した。それに対し、売茶翁も黙っていなかった。

「今時の輩《やから》「禅僧」を見るに、身は伽藍空間に処して、心は世俗紅塵に馳《は》する者の十に八九なり」と、同時代の禅僧の実体を糾弾、「出家は、財施を受《う》るに堪《たえ》たりと云うの言を仮《かり》て、千態万計して信施《しんせ》を貪求《どんきゅう》す、施《ほど》す者有るときんば、媚《こ》び諂《へつらい》て師長父母よりも敬重す。これに依《より》て施者も少なき財施を以て、其功に誇り、重恩《ちょうおん》の思いを作て受者を軽蔑す。施者受者、共に本より三輪空寂《さんりんくうじゃく》の名字をも知らず、或は外《そと》威儀を逞《たくま》うし、内貪心《うちどんしん》を懐《おこ》して、異を顕《あらわ》し衆を惑わして、人の供養を受く」

と、「対客言志」を書き、攻撃の手を止めなかった。

「三輪空寂」とは施す人、施される人、施される物のそれぞれにこだわりがあってはならず、そのすべてが空であるという仏陀の教え。さらに、同時代の禅僧は「平等の慈心を三千里外に抛擲《ほうてき》」「其害却《かえつ》て劫盗《ごうとう》［おいはぎ］よりも甚し、其聚斂《しゅうれん》の臣あるより、寧《むし》ろ盗臣あれと云の語暗《あん》に符合せり」とも断罪する。「聚斂《しゅうれん》の臣云々」は、『大学』にあり、重税を厳しく取り立て民心を失う臣よりも、公金を盗み私腹を肥やす臣の方がまだまし、というもの。禅の批判の中にも、治国の要は民心を収めることにありとの考えを示している。煎茶の精神に添う存在だった。

藤原家孝（生没年未詳）の『落栗《おちぐり》物語』にも「山林の面白き所、水石の清き所にて茶を点じ、人にのませつつ、貴き賤《いやし》きをわかたず、料《かて》のありなきを問わず。浮世に心引かるることなく、所定めず行巡《ゆきめぐ》り」「居《おる》こと幾《いくばく》も無く、売茶翁之名、海内に喧《かまびす》し」とある。この『落栗物語』は、公家社会の様々な出来事、公家の関心事を中心に綴られた書なのだが、そこに売茶翁が登場しているのは興味深い。

「売茶翁之名、海内に喧《かまびす》し」とあるように、彼は一躍時の人になる。彼が当時の知識人の世界で、いかに強い関心を集めていたか、残された肖像画の多さからもそのことは推測される。筆を執ったのは、同時代には、朝廷の侍医で書をよくした山科李蹊《やましなりけい》（一七〇二―四七）、博学で知られ、文人画を独学で会得した彭城《さかき》百川《ひやくせん》（一六九七―一七五二）、文人画・書家の池大雅（一七二三―七六）、奇想の画家伊藤若冲（一七一六―一八〇〇）。そして、売茶翁の没後も敬愛者は絶えず、『近世畸人伝』の挿絵を描いた三熊思考《みくましこう》（生没年未詳）、谷文晁（一七六三―一八四一）や浦上玉堂（一七四五―一八二〇）、田能村竹田（一七七七―一八三五)、渡辺崋山(一七九三―一八四一)、そして富岡鉄斎(一八三七―一九二四)等々。この現実には、一服一銭の賤業を営む売茶翁への好奇心や興味本位以上のものを読み取るべきなのだろう。

漱石も早くから売茶翁に関心を抱いていた。売茶翁を詠み込んだ最初の句、「梅林や角巾黄なる売茶翁」は三十二歳の時、山川らと『草枕』の舞台小天温泉に出かけた翌年のことだった。さらに、その年の終わりにはもう一句「水仙や髯たくわえて売茶翁」の作を残している。見事な髭を蓄えた前田案山子《かがし》(次章で詳述)が、漱石の目の前で、手慣れた手つきで小さな煎茶器を扱い、「濃く甘く、湯加減に出た、重い露」を振る舞ってくれる姿に、思わず売茶翁を重ね見る思いになっていたのだろう。「舌の先へ一しずく宛落して」味わった茶は、深く印象づけられていたのだろう。

また、漱石の蔵書中に『売茶翁偈語』がある。この『売茶翁偈語』には、熊本時代に作成された、「漾虚碧堂図書」の文字が刻まれる愛用の蔵書印が、通常皆が押す表紙裏や巻頭の頁《ページ》ではなく、伊藤若冲画の売茶翁の肖像画の右肩に、きわめて丁寧に押されている。

売茶翁の有心

売茶翁三十三回忌寛政九年(一七九七)には、洋風画家の石川大浪《たいろう》(一七六二―一八一八)

が、手のひらに収まるような小さな「売茶翁図メダル」を制作している。大浪は大槻玄沢（一七五七―一八二七）や木村蒹葭堂（一七三六―一八〇二）とも交遊があったとされるが、そのメダルは秘かに懐に納めるような体裁のもので、まるで隠れキリシタンを思わせる。売茶翁の伝記を書いた大典も「翁の志《こころざし》茶に在《あ》らず而《して》、茶を名とする者也。其平居綿密の行い、人省《かえり》見ざる也」と書いていた。上田秋成も「遊外高処士はみずから茶を売ると呼ばれしかど、まことには茶に隠れて世を玩《もてあそ》ばれし也」（『胆大小心録』）と評していた。前に述べたように、漱石も高く評価していた頼山陽は、「高遊外は桑苧《そうちょ》［陸羽］の流亜なり。蓋し有心の人の、遁《のが》れて茶に託するもの」と、売茶翁の「煎茶」に秘められた「有心」を指摘していた。

たしかに売茶翁は、『落栗物語』が伝えるような、風雅な単なる一服一銭の好々爺《こうこうや》ではなかった。従来、特に注目されることはなかったようだが、『売茶翁偈語』に残された、彼が茶を煮た場所を一覧にして眺めてみると、そこから意外な事実が浮かび上がってくる。詩偈の題辞から列挙すれば、

蓮華王院、西雲寺、法住寺、舎那殿、千仏閣、新長谷寺、鴨川、高台寺、糺森、相国寺、御阜《ぎょふ》、双岡《ならびがおか》、東岩倉、聖林

といった名称が並ぶ。この文字面だけならば、それほど意識されるものはないかもしれない。その多くが「山林の面白き所、水石の清き所」（『落栗物語』）であることに違いはない。だが果たして「春は花によしあり、秋は紅葉のおかしき所を求めて、自ら茶具を荷《にな》いて至り、席をもうけて客を待。洛下風流の徒よろこびてそこにつどう」といった情景がつねにそこにあり得たかどうか疑問である。なにより、京の町人ですらすぐにそれがどこか思い当たらない場所も少なくない。風流人が喜び集う場所とはとても思えないところもある。

しかしこれらを、人のよく知る名称で呼び替えると、

三十三間堂、方広寺（大仏殿）、吉田神社、下鴨神社、御室仁和寺、日向《ひむかい》大神宮、聖護院

などと変わる。ここからは、歴然とひとつの傾向が見て取れる。いずれの場所も、王城の地を舞台に繰り広げられた公武の歴史が刻まれており、時の政権江戸幕府の関係者にとって、天皇および公家社会との関わりで、きわめて神経の尖る場所であった。明らかに、売茶翁は検閲を意識し、詩偈では注意深い文字遣いをしていたことになる。漱石の作品を読

んでいて、時に同じ思いになるのは、それを売茶翁から学び取っていたからだろうか。

上記の各箇所には、反幕的姿勢を隠さなかった後水尾院の影があり、王朝文化の栄華の名残を留め、天皇家そのものとの深い縁で繋がっている。今もその名を知る人の少ない法住寺は、先に述べた「一生薄茶もまいらせず、煎茶のみなり」の生涯を貫いた堯恕法親王の墓があり、また一帯は後白河天皇の法住寺殿跡という王朝の栄華の最後の由縁の場所でもある。その法住寺殿跡に茶舗を移し、松林で売茶翁は茶を煎《に》ていたのである。

新長谷寺は、現在は真如堂内に移築されているが、当時は吉田山の本殿手前、右手の石段を上った「若宮」の場所にあった。実は、漱石はこの場所に足を運んでいる。新長谷寺はもとより、吉田神社が天皇家、公家社会といかに深い繋がりを持っていたか、あらためて語るまでもないことだろう。

日向大神宮の名を持つ東岩倉も、佐賀から来た売茶翁が出かけていたとは驚きだった。京の伊勢と呼ばれ、山中に伊勢神宮遥拝所があり、その道はかなりの坂道である。高齢の売茶翁が、「鶴氅衣」と呼ばれた道服を身に纏い、重い煎茶器を担っての登坂は、よほど強い情念の裏打ちがなければとてもかなわず、風流だけの世界でかたづくものではない。そして詩偈「千年の滞貨人の求める没《な》し」の句には、忘れられた平安王朝の世界への懐旧とその衰退への嘆息がこめられている。

同じ感懐は、御室仁和寺での詩偈にも示されている。「昔年の茗飲遠く相伝う、此の土《くに》移し来って歳半千、好古の逸人高く価を益《ま》し、竹炉荷《にな》い去りて花前に賞す」。

平安時代の王朝の雅の一つとして煎茶の存在した歴史の事実を訴えている。「一盌頓《とみ》に醒す長夜の睡《ねむり》」「亭開て海内の君子を抜き、茶熟して人間の睡魔を駆る」のが、売茶翁の「煎茶」の真の狙いだった。「一啜長く浮世の眠りを醒す」「人をして塵世の眠を醒さんことを要す」と、晩年はともかく、京の町に出て、売茶翁となり行動を始めた頃の彼の胸中には、こうした使命感にも似た強い思いが滾《たぎ》っていただろう。

平安王朝の「煎茶」への思慕、それは喫茶史の上での「王政復古」と呼んでよいものだろう。尊王論の先駆的役割を売茶翁に見ることになるが、たしかに、「茶は只心を清む徳仁に似たり、縦《たと》え勇功をして四海に施さしむるも、争《いか》でか如《し》かん仁徳の黎民《れいみん》を保するに」といった詩句には、盧仝と同じ政治批判、社会批判の強い意識を読み取ることができる。「因《よ》って憶う玉川万古の春」といった、玉川子盧仝を理想とする姿勢は各所に読み取れる。「醒覚す人間の仙路に通ずることを」「通仙の秘訣吾れ隠すこと無し」とも言い、幕藩体制下の苛政に対しても、夢を抱いて現実に立ち向かうことを教えていた。この精神に上田秋成に、そして頼山陽から幕末の志士たちに伝えられ、ついには彼らが主体となって倒幕維新の政治行動に向かってゆく。

こうした煎茶の歴史がはぐくんだ精神と共通のものを、漱石もいだいていた。そのことを章をあらためてみていこう。

III

漱石の生涯、学問、思想

1 歴史と文学

王朝への忠義・忠節

大正三年（一九一四）、漱石四十七歳の四月から『朝日新聞』に連載されはじめた「心先生の遺書」では、主人公の「私」に、鎌倉の海で知り合った「先生」から長い手紙が届く。その手紙の中で、「先生」が自らを回想して物語るところ、未亡人の家に下宿が決まり、立派すぎる八畳の間に通された時の描写にこうある。
「私は詩や書や煎茶《せんちゃ》を嗜《たし》なむ父の傍《そば》で育ったので、唐《から》めいた趣味を小供《こども》のうちから有《も》っていました」。

この「詩」「書」とともに並び記された「煎茶」が、単なる日常の茶を指すものでないこと、本書で縷々述べてきた近世文人の教養とされていた「煎茶」を指すものであることは、納得いただけるだろう。

作中の人物に関して、漱石自身が「「誰でもない、皆僕自身だ。皆僕自身の性格の一面を強調したものに過ぎない」と常に云っていられた」（「『虞美人草』のこと」）という森田草平の証言があるように、漱石の小説に登場する人物はすべて、漱石自身の体験、内面の動き、心の葛藤等々をもとに造形されている、と言われる。「唐《から》めいた趣味を小供《こども》のうちから有《も》って」いた、とするのはいかにも漱石にふさわしい。

いずれにしても「詩や書や煎茶」が並べて書かれていることの意味は大きい。というのは、「詩」については、漱石の漢詩を取り上げ、すでに多くの人が触れている。「書」も、直筆の書簡を始め、晩年の揮毫を楽しむ文人漱石を語る中で論じられてきた。だが、「詩」や「書」と肩を並べる「煎茶」、芸術・思想の領域で漱石が捉えている「煎茶」に関しては、今まで特に触れられることなく過ぎてきた。そして、詩や書とともにある煎茶は、これまで見てきたように、超俗と反権力、民衆への温かい視線、王朝への忠節を、その精神として含んでいた。

漱石は、王朝への忠義、忠節を、歴史的価値の大切な指標にしていた、と言うと、時代錯誤と一蹴されそうだが、近世の煎茶の思想とも深く結びつくところだけに、少し丁寧に漱石の精神の成長過程を振り返ってみたいと思う。

明治十一年（一八七八）、十一歳の時、夏目金之助は、友人島崎友輔（生没年未詳）が編集する回覧雑誌に「正成論」を投稿している。漱石自身、「僕の小児の時分は楠正成論とか漢高祖論とかいうのが流行《はや》ったものだ」（明治三十九年六月二日付、森巻吉宛書簡、

22/509）と言っており、特別なものと考えていないように見える。石川忠久も「当時としては、普通のものとみなされる」（『漱石研究年表』）と評している。「正成論」は特に問題として取り上げられないのが一般的である。石川の意見は、おそらくその漢文能力の水準を指して言われたのだろう。しかしもちろん今は、その優劣を問題にしているのではない。漱石の思想形成の上から、この一文はやはり、「たんなる子供の作文」として見逃せないものがある、と言いたいのである。

先の大戦下、小学校の教科書で、後醍醐天皇と楠正成の歴史は、当時の国粋主義的な精神教育の主要な素材だった。それだけに、そのことを悪夢のように回想する戦後教育の中ではそれを忌避する空気が強かった。しかし、漱石十一歳ころには、おそらく、そのいずれの極端な空気とも異なる状況があり、幾分なりとも主体的な選択のもと、自由な意思のもとで、漱石の「正成論」は書かれたと見てよいと考える。

中古我国ニ楠正成《くすのきまさしげ》ナル者アリ。忠且《かつ》義ニシテ、智勇兼備ノ豪俊ナリ。［中略］又尊氏ノ叛スルニ因テ、不幸ニシテ戦死ス。夫《そ》レ正成ハ、忠勇整粛、抜山倒海《ばつさんとうかい》ノ勲《いさお》ヲ奏《そう》シ、出群抜萃ノ忠ヲ顕ワシ、王室ヲ輔佐ス。［中略］正成勤王ノ志ヲ抱キ、利ノ為メニ走ラズ、害ノ為メニ遁《のが》レズ、膝ヲ汚吏貪士《おりどんし》ノ前ニ屈セズ、義ヲ蹈《ふ》ミテ［行って］死ス。

嘆クニ堪《た》ウベケンヤ噫《ああ》　（26/3）

若い漱石が、正成に見たのは「忠且《かつ》義」の精神、「智勇兼備」「忠勇整粛」の徳目であり、また「出群抜萃ノ忠」を以て「王室ヲ輔佐ス」る「勤王ノ志」だった。世の処し方も「利ノ為メニ走ラズ」「害ノ為メニ遁《のが》レズ」「膝ヲ汚吏貪士《おりどんし》ノ前ニ屈セズ」「義ヲ蹈《ふ》」む、敢然とした姿勢、いずれも、終生漱石が様々に表現を変えて主張する徳義、道義のうちにある。

十一歳の小児と侮ってはいけない。例えば、私が十一、二歳のころといえば、太平洋戦争（大東亜戦争）の敗戦により、私たちを取り巻く精神的風土が激変して数年、軍国主義が終焉、新しい憲法のもと、民主主義を迎えた時だった。凡庸な私ですら、マッカーサー元帥とか日本再軍備、講和条約、日米安全保障条約等といった文字が新聞紙面に躍り、民主主義、総選挙といった言葉が交わされるなか、生き方や政治、社会を思う本能的な関心から、おぼろげながらも一つの意見を抱いていた。ましてや聡明な漱石においてをや、である。

「正成論」は、『全集』に収録された、最も若い時の作品である。漱石の著作全体を通して、歴史上の人物名が登場することは数少ない。『草枕』に、やや集中的に登場する程度。そのなかで楠正成と西郷隆盛の名は、後年になっても、作品や講演のうちにしばしば顔を出す。
『朝日新聞』入社早々の明治四十年（一九〇七）、東京美術学校での講演を纏めた『文芸の哲学的基礎』で、「余の文芸に関する所信の大要を述べて、余の立脚地と抱負とを明《あきら》かにするは、社員たる余の天下公衆に対する義務だろうと信ずる」と、大学をやめ新しい人生を選択、意気揚々と文芸家の理想を語る姿勢は、決して講談師のものではない。「我」の作用を智・情・意に分け、「意志が文芸的にあらわれ得る為には」と前置きして、

真正の heroism に至っては実に壮烈な感じがあるだろうと思います。文芸家のうちでは此《この》種の情緒《じょうしょ》を理想とするものは現代に於ては殆《ほと》んどないように思います。此理想にも分化があるのは無論です。楠公《なんこう》が湊川《みなとがわ》で、願《ねが》わくは七たび人間に生れて朝敵を亡《ほろ》ぼさんと云いながら刺しちがえて死んだのは一例であります。
（16/98-99）

と、楠公、つまり楠正成の名が真面目に口をついて出る。三十年近くを経過しても、十代の初めに「正成論」に示された熱情と、それはなんら変わりがない。「楠正成論とか漢高祖論とかいうのが流行った」と述懐していたが、漱石の性格から推して、付和雷同的なことは考えにくく、十代の「正成論」も、その言葉どおりの単純な流れの中に溺れさせては

ならないようだ。

　少年期に芽生えた一つの強い意志、確固とした価値意識は、極論するならば漱石の生涯を貫くことになる。漱石の内面が形成される時期について、私たちはつい過ちがちだが、それは江戸期とすっぱり切れた近代的、現代的な世界ではなかった。近世と近代を隔てる境界線は、私たちが思うほど明瞭なものではない。

　「尊王攘夷の徒、海港封鎖の説を豹変して弐千五百年の霊境を開き、所謂碧眼児の渡来を許したるは、既に廿五年の昔しなり。指を屈すれば昔しなれども、成就したる事業の数、発生したる事件の繁きに比ぶれば、白駒隙《はつくげき》を過ぐる事倏《にわ》かにして、廿五年の歳月は転《うた》た其短かきに堪えず」（「中学改良策」（16/37）であった。「白駒隙《げき》を過ぐる事倏《にわ》かにして」とは、歳月があまりにも早く過ぎ去ることを指して言う。漱石にしてみれば、未だ幕末維新の激動の余波に身を置いているのが実感だったに違いない。「余は少年の頃よく、西郷隆盛と楠正成とどっちが偉《え》らかろうの、ワシントンとナポレオンとどっちが優れているだろうのと云う質問を発して、年寄を困らせた事がある」（「太陽雑誌募集名家投票に就いて」、16/263）のだった。

　「正成論」が書かれた前年、西南戦争が勃発、西郷隆盛（一八二七―七七）の自刃で、維新の理想の幕が閉じられていた。民衆は隆盛を賊軍の長としてではなく「慷慨忠節の士」

として仰いでいた。江藤淳は『漱石とその時代』「消えた西郷星」の章の中で、「人々はちょうど一年前の夏、毎夜東方にあらわれた一つ星、西郷星を思い出していた。〔中略〕西郷の敗色はようやく濃かったから、彼はいわば生きながら神に祭られたわけである。逆にいえば西郷という英雄に託された人々の思いはそれほど深かった」と書いている。漱石の、社会を見る目、その思想的基盤は、こうした空気の中で育っていた。江戸に変わる明治や近代という文字に幻惑され、早熟で俊秀な漱石が、近世学問の主要な徳目、儒学的内容で彩られた「正成論」を書いたことを、過去の遺産、旧時代的行為と斥けるのは正しい見方ではない。

「左国史漢」への傾倒

十四歳の時、母千枝を亡くし、それが原因かどうか不明だが、それまでの府立一中を中退。漢文を学ぶために二松学舎に転校する。

「余は少時好んで漢籍を学びたり。之を学ぶ事短かきにも関らず、文学は斯《か》くの如き者なりとの定義を漠然と冥々裏に左国史漢《さこくしかん》より得たり」(『文学論』、14/7)と言うように、漱石の学問の基本は漢学にあった。ここに「左国史漢」とあるのは、中国秦・漢代の代表的な歴史書、『春秋左氏伝《さしでん》』『国語』『史記』『漢書《かんじょ》』の四書を指す。漱石が「好んで漢籍を学びたり」との発言は各所に記されているが、それがいわゆる儒学書「四書五経」にアクセントがおかれるものではなくて、「左国史漢」つまり歴史書が取り上げられているところに注目したい。二松学舎では、本書で引用する中国の詩人や歴史的人物の史伝などの基本図書、例えば『唐詩選』『史記』『孟子』『論語』『唐宋八家文』なども教科に組み入れられており、漱石がそれらを学び、十分熟知していたことは、全著作の中にその引用句の鏤《ちりば》められていることからも明らかだろう。だが『文学論』で取り上げていたのは中国の歴史書だった。

子供の頃の回想に、湯島の聖堂の図書館に通い、荻生徂徠《おぎゆうそらい》（一六六六―一七二八）の『蘐園十筆《けんえんじつぴつ》』等を筆写していたとあるが、当然徂徠の有名な言葉、「学問は飛耳長目《ひじちようもく》の道と荀子《じゆんし》も申し候。この国にいて見ぬ異国の事をも承り候は、耳に翼できて飛びゆくごとく、今の世に生まれて数千載の昔の事を今日見るごとく存じ候ことは長目なりと申す事に候。されば見聞広く事実に行きわたり候を学問と申す事に候ゆえ、学問は歴史に極まり候」（『徂徠先生答問書』）の一文は早くに頭に叩き込まれていたに違いない。

その後兄の勧めもあり、成立学舎に入学、さらに第一高等中学校（初め大学予備門）、そして二十一歳の時、第一高等中学校本科英文科、さらに東京帝国大学文科大学英文科へと進み、一貫して英語、英文学中心の勉強となる。しかし、その英文学の決意も、文学についての漠然たる定義を左国史漢から得ていて、「ひそかに思うに英文学も亦かくの如きものなるべし、斯《かく》の如きものならば生涯を挙げてこれを学ぶも、あながちに悔ゆることなかるべし」（『文学論』、14/7）との考えからだった。漱石が「かくの如きもの」と考えたのは、二松学舎時代に身に着けた「左国史漢」を中心とする歴史学だった。確かに歴史は広義において文学といえる。既に二十二歳の歳末「カーライルを読む」と記されており、後の英国留学以前に書いた諸論文にも、各書にトーマス・カーライルの名が出ている。熊本五高教授の時、「特に洋行の希望を抱かず」（『文学論』）だったが、官命により留学を余儀なくされる。しかも「余の命令せられたる研究の題目は英語にして英文学にあらず」だった。が、「官命は官命なり、余の意志は余の意志なり」といかにも漱石らしい。さらに「余の研究の方法が、半ば文部省の命じたる条項を脱出せるは当時の状態として蓋《けだ》し已《や》むを得ざるに出づ」とまで言ってのけていた。「当時の状態」とは、ロンドン滞在中に発する言葉「国の事が気になる」のような、漱石を取り巻く政治、社会といったものに対する激しい憤りのことだろう。これについては後で述べたい。突如として純学問乃至は芸術的なものとして、英文学を地道に学ぶには無理がある情況だった。「余はここに於て根本的に文学とは如何なるものぞと云える問題を解釈せんと決心したり」とは、「英語」のための英文学から、経国のための「英文学」への決意だったのだろう。

カーライルへの想い

語学研修の官命に背き、英文学を選択した倫敦滞在中も、最も関心を寄せたイギリス人は、歴史家トーマス・カーライル（一七九五―一八八一）だった。漱石の文学が歴史学を念頭に展開されていたことがわかる。滞在中記念館を訪れ、多量の蔵書の目録を丁寧に筆写、帰国後に紀行文「カーライル博物館」を書いていた。情念の所在がどこにあったかはこれでも明らかだろう。

紀行文には、「傍《かたわ》らには彼が平生使用した風呂桶《ふろおけ》が九鼎《きゅうてい》［天子伝国の宝物］の如く尊げに置かれてある。風呂桶とはいうもののバケツの大きいものに過ぎぬ。彼がこの大鍋《おおなべ》の中で倫敦の煤《すす》を洗い落したかと思うと益其人《ますますその》となりが忍《しの》ばるる」とあり、また「不図《ふと》首を上げると壁の上に彼が往生《おうじょう》した時に取ったという漆喰《しっくい》製の面型《マスク》がある。この顔だなと思う。この炬燵櫓《こたつやぐら》位の高さの風呂に入《はい》って此質素な寝台の上に寝て四十年間八釜《やかまし》い小言《こごと》を吐き続けに吐いた顔は是《これ》だなと思う」とも書いていた。

「ますますその人となりが忍ばるる」の言葉には、早くからカーライルの思想と行動に影響を受け、思いを寄せる漱石の感情が溢《あふ》れている。『フランス革命史』『英雄崇拝論』『過去と現在』等の著作を残した歴史家カーライルが、漱石の思想形成に果たした役割は大きい。その『文学論』『英文学形式論』『文学評論』等の著作に、カーライルの名はしばしば出てくる。最初の小説『吾輩は猫である』にも、二度も登場していた。

大学での講義では、『過去と現在』の原文を引用し、「これは政治界に人才のないことを憤慨し、それ等凡庸の鼠輩《そはい》［とるに足らない卑しい人物］に種々の異名を付けて嘲《あざけ》ったものである。此《ここ》に用いた符号《シムボル》は目馴れない、解し難《にく》いものなるに拘《かか》わらず、思想は単純である、平易簡単の思想を表すに不可思議な、奇怪な符号を用いて居る所が面白いのである」（「英文学形式論」、13/222）と説明しているが、きわめて興味深い。まるで漱石自身の創作技術を、カーライルから学んでいると告白しているようにもとれる。

後のことになるが、四十三歳での「修善寺の大患」後、突然文部省から、漱石に博士号が授与される。が、漱石はそれを拒絶、一時世間を騒がせる問題が起こる。その行為に対し、第一高等中学校時代の恩師ジェームズ・マードック（一八五六―一九二一）が称讃の手紙を送ってきた。「真率《まじめ》に余の学位辞退を喜こぶ旨が書いてあった。其内《そのうち》に、今回の事は君がモラル、バックボーンを有している証拠になるから目出度《めでたい》と云う句が見えた」。そしてモラル・バックボーンを翻訳すれば、「徳義的脊髄と云う新奇でかつ趣のある字面が出来る」と自らの翻訳語を解説する。徳義、道義は漱石が若い時から重視していた徳目だけに、喜びに溢れた書きぶり、重ねて「先生は又グラッドストーンやカーライルやスペンサーの名を引用して、君の御仲間も大分ある」と書いていたことも披露する。「徳義的脊髄」の観点から見て、漱石はカーライルと肩を並べていると激賞されたことになり、「是には恐縮した」とは書くものの、漱石の嬉しさが行間に躍り出ている。

漱石の学んだ「漢学」が、歴史に重点を置く以上、その学問は、社会から超然として、研究室や実験室で、生涯の時間を費やしてよいというものではない。国家、それを形成する権力者と民衆、さらに社会でのさまざまな人間の生き方への関心なしでは成り立たない。そのうえで、近代的な学問の視座から、客観的な視点を取り入れる必要性を理解し、しかしその困難さ、不可能を痛感したとき、漱石の学問は、歴史から文学に転じたと言ってよいのではないか。だが漱石の思想を築き上げてきた学問の根幹は、東洋の歴史、その歴史に包含される詩文学だった。当然、「修身斉家治国平天下」といった、四書五経、儒教・儒学の教えは沁みついている。その限りにおいて、限りなく近世の教養人に近い存在であることを忘れてはならないだろう。経世済民という、きわめて凡庸な、しかし人類社会の不滅の課題が、その胸の内に収められていた。

2　民を済《すく》う思想

弱者への視線

盧仝の「煎茶歌」が絶唱として歌い継がれてきたのは、権力に敢然と立ち向かった、その政治批判の姿勢や実直な人柄もさることながら、やはり長詩の最後、「安《いず》くんぞ知《し》るを得《え》ん百万億の蒼生《そうせい》の命、巓崖《てんがい》に堕《お》ちて辛苦《しんく》を受くることを。便《すなわ》ち諫議《かんぎ》に従いて蒼生を問う、到頭蘇息《とうとうそそく》することを得ざるや否や」の結句に示された、弱者を思う強い情念に起因する、と言ってよいだろう。漱石の生涯もまた、この情念に貫かれている。『二百十日』の登場人物に、

「我々が世の中に生活している第一の目的は、こう云う文明の怪獣を打ち殺して、金も力もない、平民に幾分でも安慰を与えるのにあるだろう」(『二百十日』、3/256)

と漱石は語らせている。

平民が「幾分でも安慰《あんい》」出来る世を漱石は「太平」と見ていた。その考えは既に大学時代には確固としたものになっていた。

漱石が正岡子規と出会ったのは、明治二十二年（一八八九）予備門で同級生になった時だった。二人とも寄席が好きということから意気投合とあるが、それ以上に互いの卓越した才能を認め合うところがあったことは言うまでもあるまい。子規との往復書簡は、青春の情念の爆発。読む者を二人の世界に引き込んでいく。

『全集』に収められた書簡の始まりは子規宛ての書信である。そのうち冒頭の一通から、人の困苦を見捨てられない、優しい漱石の人柄が滲み出ている。子規の病気を見舞った帰り、わざわざ容態を聞くために医者を訪ねる。ところが医者が取り合わなかったために立腹、

「不注意不親切なる医師は断然廃し、幸い第一病院［東京帝国大学構内のもの］も近傍に有之候得《これありそうらえ》ば、一応同院に申込み医師の診断を受け、入院の御用意有之度《これありたく》、去《さ》すれば看護療養万事行き届き十日にて全快する処は五日にて本復致す道理かと存候」(22/3-4)。

この、無慈悲、不義、不道徳に対する義憤と、人としての優しさに溢れる行為は、まさに漱石の思想の模型のようである。

さらにこの手紙の続く部分には、「小にしては御母堂の為め、大にしては国家のため、自愛せられん事こそ望ましく存候《ぞんじそうろう》。雨フラザルニ牖戸《ゆうこ》を綢繆《ちゆうびゆう》ストハ古人の名言に候えば、平生の客気《かっき》［血気］を一掃して御《ご》分別《ふんべつ》有之度《これありたく》、此段願上候《このだんねがいあげそうろう》」とある。「古人の名言」と

書いているのは、『詩経』、『孟子』に出てくる「綢繆牖戸《ちゆうびゆうゆうこ》」を指すが、「平生の客気」の言葉があることから推すに、おそらく吉田松陰（一八三〇―五九）の『講孟箚記《こうもうさつき》』（のち『講孟余話』に改名）によるのではないか。松陰は密航失敗後、故郷萩の野山獄に投獄される。その獄中、同囚の者に『孟子』の講義を始めるが、その内容が『講孟箚記』として世に出た。維新の精神的指導者松陰の思想が凝縮され、その烈々たる気概が若き志士たちを鼓舞したものだけに、漱石の時代にもまだ愛読する青年は多かっただろう。

『孟子』の公孫丑《こうそんちゆう》の章句を講じて、松陰は、

「上に在りては其の政教を修め、士大夫《したいふ》に在りては其の学芸を練《ね》り、農工商賈《のうこうしようこ》は各々其の業を勤め、務めて牖戸《ゆうこ》を綢繆《ちゆうびゆう》し、下民《かみん》の侮《あなど》りを禦《ふせ》ぐべし。然るに今は然らず。是の時に乗じて惟《た》だ日も足らず日夜《にちや》般楽怠敖《はんらくたいごう》［遊び怠ける］すること何事ぞや」

と述べている。この「牖戸《ゆうこ》を綢繆《ちゆうびゆう》し、下民《かみん》の侮《あなど》りを禦《ふせ》ぐべし」とは、人の上に立つものは、危機的な状況悪化の前に周到な準備をし、災いを未然に防ぎ、民衆の侮りを受けないようにすべし、との教えだった。もちろん、子規に対して、病気が悪化する前に、十分な養生を、といった意味で用いているのだが、この言葉が交わされること自体、二人の交友が単に寄席同好の誼《よしみ》だけではなかったことをうかがわせる。「大にしては国家のため」といった、世に対する慷慨の姿勢で意気投合するものがあったのだろう。文末に細字で「to live is the sole end of man !」(「生きていてこそ男だよ!」) と書き入れていたが、男子としてなすべき気概が、ともにその胸には燃えていたに違いない。

子規への二銭郵券四枚張の長談義

しかし、漱石が「情人の玉章よりも嬉し」く読んでいた子規の手紙だったが、この二人の蜜月時代に、早くも亀裂を生じさせる一通が舞い込む。明治二十四年(一八九一)の十一月、『明治豪傑譚』という本と「気節《きせつ》論」を論じた子規の手紙が届いた。すでに十八歳の折、「観菊花偶記」という文章で「節義気操」を語っていた漱石である、「気節」という言葉には敏感に反応するものがあったのだろう。そのうえに、子規に対する積もりに積もっていた思いが一気に爆発したのかもしれない。「二銭郵券四枚張の長談義」に及ぶ返信の筆を執った。

『明治豪傑譚』は、板垣退助、伊藤博文等幕末維新に活躍した人物の、暴露的な逸話集である。なかでも「西郷南洲十円の鰻を食う」「西郷吉之助裃を着して青楼に遊ぶ」といった内容は、西郷びいきの漱石の感情を逆撫でするに十分だったろう。子規の手紙は残されていないので、漱石にどのように書き送ったのかはよく分からないが、漱石はまずその本について、

「寸毫《すんごう》も高尚だの優美だのと申す方向に導びきし点無之《これなく》、中には索隠行怪《さくいんこうかい》「知られていないことを漁《あさ》る」の余弊《よへい》、殆んど人をして嘔吐を催うせしむる件《くだ》りも有之《これある》やに見受けられ候」（22/38）と厳しく一蹴《いっしゅう》する。

また、子規の「気節《きせつ》論」についても漱石は、忌憚のない論難を下す。子規が、一時の激昂により、感情的にとった行動の中に気節が現れるとしたのに対し、漱石は、「気節とは前にも云う如く（余の考えにては）、一定断乎の主義を抱懐して動かざるに外《ほか》ならず、己れに特有なる一個の標準を有し、この標準を何処にも応用せんとするの観念に過ぎず」（22/39）と、漱石の生涯を読み解く上での重要な思想が示される形で反論している。理念や評価軸の一貫性、その節操をこそ気節ととらえている。さらに、二人の仲もこれで決裂か、と思わせるような言葉が迸《ほとばし》る。

「此書を余に推挙するや、余殆んど君の余を愚弄するを怪しむなり」

「翻読再三に及んで、猶其微意の在る所を知るに苦しむ」

「君何を以てこの書を余に推挙するや」

とその怒りは止まらない。怒りを増幅させたのは、敬愛していた子規に、「大見識」の欠落を見せつけられたことにあった。続く議論では、漱石の思想の根幹、煎茶精神の根源的な世界が展開されていく。

それは、士家と工商の優劣と言った、身分の上下問題に及ぶ。子規は、元松山藩士としての矜持《きょうじ》から漏らしたのか、学校で上席を占める商工の子も、学校を出ると、「士家の子弟に一籌《いっちゅう》を輸す［一段階劣る］」と差別的な発言をものした。これに対し、漱石は烈火の如き怒りをあらわに、

「一籌を輸すとは、学問の点なりや、世渡りの巧拙なりや、はた君のいわゆる気節の点なりや」（22/43）と詰め寄ったのである。

「学問の点より言えば、商工は商工の業あり。専意学問に従事する能《あた》わず。士家の子弟は学を以て身を立つるもの多ければ商工の及ばざるはもちろんの話しなり。世渡りの巧拙に至っては容易に断言しがたし」

「士人の子弟にても御鬚《ひげ》の塵を払い、おべっか専一にて世に時めく者幾千万なるを知らず」

と、漱石は、現実社会の在り様に向かっての批判もする。

「方今紳士とも云わるる輩、青萍《せいひょう》［青い浮草］とも浮草とも評すべき行為あるもの枚挙すべからず。其《その》身元を尋ねたらば、大方は士族なるべし。兎《と》に角《かく》気節の有無抔《など》は教育次第にて、工商の子なりとて相応の教育を為し、一個の見識を養生せしめば、敢《あえ》て士家の子弟に劣らんとも覚えず」

「君の議論は工商の子たるが故に気節なしとて、四民の階級を以て人間の尊卑を分たんかの如くに聞こゆ。君何が故かかる貴族的の言語を吐くや。君若しかく云わば、吾之に抗して工商の肩を持たんと欲す」

と言い、もしも士家の子を、幼い頃から丁稚《でっち》に行かせていれば「数年を出ずして銅臭《どうしゅう》「金銭により立身出世を図る」の児とならん」と封建社会の身分制の残影を止める子規を糾弾した。

この、小論文とも呼びたい漱石の書簡に対し、即刻子規も返信を送ったが、今は紛失し見当たらない。漱石の再送の書簡には、自分は二銭郵券四枚も貼る長文だったのに、「金高よりいえば半口たらぬ心地」と滑稽味を交えて不足をならしてみせながら、「芳墨の真価は百枚の黄白にも優《まさ》り嬉しく拝見仕候」と、大人の終わり方をしている。

「小生十七、八以後かかる真面目腐ったる長々しき囈語《げいご》［たわごと］を書き連ねて、紙筆に災いせし事なく」とあるが、人前に「真顔」を見せることが少なかっただけに、この「真面目腐ったる」中にこそ、青年漱石の思想を手繰る手がかりがあると見てよいだろう。まさに「工商の肩を持たんと欲す」の一言の中に、漱石の弱者への温かい視線が感じ取れる。

「細民」への配慮

明治四十五年（一九一二）七月三十日の明治天皇の崩御の後、漱石は「明治天皇奉悼之辞」を書く。「過去四十五年間に発展せる最も光輝ある我が帝国の歴史と終始して忘るべからざる」天皇は「学問を重んじ給い、明治三十二年以降、我が帝国大学の卒業式毎《ごと》に行幸の事あり。日露戦役の折は、特に時の文部大臣を召して、軍国多事の際と雖も教育の事は忽《ゆるがせ》にすべからず、其局に当る者克《よ》く励精せよ、との勅諚を賜わる」と、聖皇としての明治天皇への、その尊崇の思いに偽りは感じられない。そして「我等臣民の一部分として籍を学界に置くもの、顧《かえり》みて天皇の徳を懐い、天皇の恩を憶い、謹んで哀衷《あいちゆう》を巻首に展《の》ぶ」と、『法学協会雑誌』に提出された原稿の文字一字一句には、「素直に誠実に、哀悼の意を表現」（小宮豊隆『夏目漱石』）する、ひたむきな漱石の姿が読み取れる。

しかし、漱石は決して、次の大正・昭和の世代に見られるような、狂熱的な天皇崇拝論者ではなかった。万民の幸せのために、有徳の賢臣を使い、天下に「太平」をもたらす聖天子への憧憬は、漱石の学に目覚めた頃から不変の存在として心の内にあった。「学問を重んじ給」う天皇への尊崇は、あくまでもその理性と徳義が介されてのものである。もし漱石が、五十代、六十代の生命を保ち、昭和にまで生きていれば、その天皇崇拝の姿勢は、おそらく徳富蘇峰等同時代の者たちとは類を異《こと》にし、天皇をめぐる国家・権力への批判の行動は、近世中後期の文人のような隠逸的・畸人的なものになるか、あるいは「筆誅」という形ではあれ、幕末の志士のように急進的なものとなるか、いずれかの両極に向かっていたことだろう。ただ、遺作『明暗』執筆の時代の生き方をみるかぎりでは、それは前者に近いものだったろう。

次の「日記」に記された漱石には、どこかに、盧仝に似たものが感じられる。単なる天皇崇拝の人ではない。

「天子重患の号外を手にす。尿毒症の由にて昏睡状態の旨報ぜらる。川開《かわびら》きの催し差留られたり。天子未だ崩ぜず川開を禁ずるの必要なし。細民《さいみん》［下層民］是が為に困るもの多からん」（七月二十日、20/398）と言う。天皇の重病だけで、川開きの催しを中止するのは間違いだと諫《いさ》める。人々が集まり、それを目当ての出店などの生業《なりわい》をする「細民」の困窮に思いが及んでいる。まさに遠い昔、煎茶の歴史の冒頭、天子の求めに応じて新茶を献上した農民の困苦を、官吏たる友人孟簡に、「辛苦」を受けている「百万億の蒼生の命」は、いったいいつになったら「蘇息［休息］」することができるのか、と厳しく詰問した盧仝の弱者への視線が、漱石にもあった。権力へのこの姿勢が、煎茶精神の一要諦でもあったが、漱石もまた、完全に弱者の側に立って権力を指弾している。

日記は続く。

「当局者の没《ぼっ》常識［非常識］驚ろくべし。演劇其他の興行もの停止とか停止せぬとかにて騒ぐ有様也。天子の病は万臣の同情に価《あたい》す。然れども万民の営業直接天子の病気に害を与えざる限りは進行して然るべし。当局之に対して干渉がましき事をなすべきにあらず。もし夫《それ》、臣民衷心より遠慮の意あらば営業を勝手に停止するも随意たるは論を待たず。然らずして当局の権を恐れ、野次馬の高声を恐れて、当然の営業を休むとせば表向は如何《いか》にも皇室に対して礼篤《あつ》く情深きに似たれども其実は皇室を恨んで不平を内に蓄うるに異ならず」。

表だって取り上げたのは「川開の催し」だったが、漱石が糾弾しているのは、時代の国のあり方そのものと言ってよい。そして漱石が弱者の側に立つ思いは、観念の世界、机上のものに終わっていなかった。門下生で、東京朝日新聞に入社の中村蓊《しげる》（古峡。一八八一―一九五二）に宛てた手紙では、漱石の被差別者への温かい目線はより鮮明である。

「細民はナマ芋を薄く切って、夫《そ》れに敷割［碾割麦《ひきわりむぎ》］などを食って居る由。芋の薄切は猿と択《えら》ぶ所なし。残忍なる世の中なり。而して彼等は朝から晩迄真面目に働いている。／岩崎の徒を見よ!!!／終日人の事業の妨害をして（否企《くわだ》てて）そうして三食に米を食っている奴等もある。漱石子の事業は此等の敗徳漢を筆誅《ひっちゅう》するにあり」（明治四十年八月十六日付、

23/109）。
「天候不良也。脳巓《のうてん》異状を呈して此の激語あり」との追記をしているが、それは逆に漱石の正常さを示していただろう。

3　沸騰する脳漿

英文科時代の漱石

漱石の教養の原点には、漢文、漢詩ばかりではなく、王朝文学もあっただろう。本人は、謙遜も含めあまり興味のないような口ぶりだが、早くから、古文という意味での和文についてもなかなか非凡な才能を示していた。十六歳で成立学舎に入学し、英語を学んでいた漱石だが、二十二歳の頃には流暢に和文もこなしていた。

「君は塵の世をすて丶山秀で水清きふるさとに草の庵りをむすび　われは都のちりに埋れて名利のちまたにさまよふ　されど春秋の花もみぢにつけ　世渡るすべのむつかしく　人の心のつれなきを思へば　なまじい名をたて家をおこさんとちかひける事の口惜《くちおし》さよ　苔の

下に人しらぬ骨をうづめん君こそ　中々に心安けれ　いでや故郷のものがたり聞きて　汚れたる耳洗はん」（「故人到」、26/8-9）。

早くに王朝文学への造詣を深めていたことがわかるのだが、同じ頃に「如今《じょこん》空しく高逸〔俗世間を超越〕」と漢詩でも詠んでいる。この塵世厭離の姿は、第一高等中学校本科英文科に籍を置いたばかりの若者、人生に胸弾ませる青春の言葉とは思えない、重く暗いものが感じられる。

この時期漱石は、国家が引き起こす戦争を、自身の問題として強く意識していたと思う。明治二十二年（一八八九）、国民皆兵化のもと、政府により改正徴兵令が施行された。この改正徴兵令でも、官立学校生には最高二十六歳までの兵役免除が許されていたが、二十二歳の漱石にはもはや他人事ではなかったろう。東京帝大在学中、兵役免除の満期を迎えることになる。漱石はその前年、徴兵を避けるため分家届を出し、北海道後志国《しりべしのくに》岩内郡吹上町一七（諸説有）浅岡方に移籍、北海道平民となっていた。丸谷才一は「徴兵忌避者としての夏目漱石」としてこの件を追求しているが、戦争に向き合い、戦争反対の意思を、消極的ながら漱石は示した、とも考えられる。当然受ける批判を承知で忌避に繋がる行動を決断していたところに、漱石の戦争と立ち向かう姿勢を見たいと思う。漱石の性格からして、熟考の末に、近代国家の歩みを凝視するなかで、将来自らが参加する戦争が、「一般人類に共通な深い根柢を有した、思想なり感情なり欲求なりに動かされ」るものにはなり得ないと看破していたと見てよい。明治二十二年、大日本帝国憲法が発布される一方、文相の森有礼（一八四七―八九）は欧化主義者として暗殺される。漱石の内面には複雑な思いが一層燃え上がっていたに違いない。「故人到」には、大和言葉を巧みに操った作文、ではすまされない漱石の憂鬱な心境が述べられていた。

ちなみに、二十四歳の東京帝大英文科時代、漱石は教授に頼まれて『方丈記』を英訳している。それは白居易の詩文から強い影響を受けた鴨長明の隠逸思想に触れるものであり、英文の才のみならず、王朝文学と漢文学の素養があってはじめて可能な作業だったと言える。

二十四、五歳の頃の漱石は、進路の問題で激しい内面の嵐に出会っていた。時代の進む方向に添えば、英文学の道を選択すべきだったが、第一高等中学校の英文科在学中、前にも触れた子規と知り合い、その輝く文才に魅了され、考えが根底から覆されていた。これ以前、奇才米山保三郎《よねやまやすさぶろう》（一八六九―九七）の薦めで、建築から英文学に転向した漱石だったが、子規との出会い以後、再び持ち上がった葛藤、動揺には隠せないものがあった。そして、煩悶苦悩の挙句、一度は英文学を離れる決意をする。子規の「一丈余の長文」の手紙を受け取り、「草々の御教訓、情人の玉章よりも嬉しく熟読仕候」と素直に喜びを表し、漱石は折伏《しゃくぶく》される。

「日本にそれ程好《よ》き者のあるを打ち棄てて、わざわざ洋書にうつつをぬかし候事、馬鹿馬鹿敷《しき》限りに候のみならず、我等が洋文学の隊長とならん事、思いも寄らぬ事と、先頃中より己れと己の貫目《かんめ》［身に備わる才能］が分り候得ば、以後は可成《なるべく》大兄の御勧《おすす》めにまかせ、邦文学研究可仕《つかまつるべく》候」（明治二十四年八月三日付、22/36）

と、東京帝国大学の英文科在学中の身でありながら、その決意を新たにしていた。もっとも「性来多情の某《それがし》、何にでも手を出しながら何事もやり遂《と》げぬ段、無念とは存候得共、是亦一つは時勢の然らしむる所と諦め居候。御憫笑《ごびんしょう》」と、自分を見つめる冷めた目も残してはいた。

沸騰せる脳漿――日清戦争

漱石はつねに理想を求め、理想の言葉を失わない文学者だった。「現在よりも将来に光明を発見せんとする」「ローマンチシズムの思想即ち一の理想主義の流れは、永久に変ること無く、深く人心の奥底に、永き生命を有して居る」（「教育と文芸」、25/38）との考えは、若い頃も晩年も不変だったと思われる。もちろん理想主義者との定義づけをする意図はない。何々主義と規定されることを最も嫌っていた漱石、この呼び名には収まらない。「理想は見識より出づ、見識は学問より生ず」(「愚見数則」、16/8)との考えは、前にも述べる子規と交遊の頃からあった。

「善悪二性共に天賦なりとせば、善を褒《ほう》する［ほめる］と同時に不善をも憐まざるべからず。今君皆睚《しがい》［怒りの眼］の不善を仮《ゆる》さずして、終身これを忘れずんば、僕、実に君が慈憐の心に乏《とぼ》しきを嘆ぜずんばあらず」(明治二十四年十一月七日付、子規宛、22/45)と、時には激しく論争した。子規が現実を柔軟に受け入れる人であったのに対し、漱石は、自らの理想に照らし、これに反するものと決して妥協できない人間であった。「理想ハ現実以上ヲ意味ス。理想ハ realization［現実化］ヲ意味ス」(「断片」)との考えは、早くに身に着けていた陽明学的なものと言ってもよい。多くの人に、実直、曲がったことができないと評されていた漱石は、世界の状況の変化、眼の前の現実に合わせ、理想や法を変え、急場の事態を乗り越え、解決しようという人ではなかった。理想を掲げ、理想に一歩でも近づくことで、現実のあり様を変えることこそが、つねに漱石の胸にはあっただろう。

「理想とは何でもない。いかにして生存するがもっともよきかの問題に対して与えたる答案に過ぎんのであります」(「作物の批評」)

「私はどんな社会でも理想なしに生存する社会は想像し得られないとまで信じているのです」(「文芸と道徳」)。

漱石の理想は、決して難しい言葉で語られるものではない。「理想は見識より出づ、見識は学問より生ず」との考えが根幹にあり、その限りにおいて、漱石の若き日の学問が、その行動を多く規定したと言ってよいのだろう。

　大学入学以降の漱石については、眼科で見初めた初恋の女性とか、江藤淳が推測する兄嫁登世との不倫疑惑、あるいはまた才媛大塚楠緒《くすお》子《こ》（一八七五―一九一〇）が漱石と交友のあった小屋保治《やすじ》（一八六九―一九三二）を婿養子に迎え、漱石はために失恋とか、さまざまな興味深いエピソードが語られている。当然ながらその青春にはそうした方面の事柄もあったであろうから、それらを否定しようというわけではない。しかしいまは、もう少し社会的、政治的に生きる漱石の精神と行動を追うことに紙面を割きたいと思う。

「当夏卒業の文学士売口大に悪しく皆困却の体、気の毒に存候。小生抔《など》も如何成る事やら頓《とん》と不相分《あいわからず》、今日を今日とのみ未来の考えなく打暮《うちくら》し居候」（明治二十六年八月七日付、西谷虎二宛、22/58）と、まさに「大学は出たけれど」の切実な社会状況下、初めは「毎日弓術を強勉致居《いたしおり》候」とか、「柔道剣道の道場開き有志の面々頻りに勉強致居候。小生も少し撃剣でも始め度《たく》」（明治二十七年五月三十一日付、菊池謙二郎宛、22/67）とか、きな臭い時代の空気に溶け込もうとでもいうかのような漱石の姿も示されていた。そうしたなか、明治二十七年（一八九四）、朝鮮半島をめぐって、日本と清国の関係は次第に悪化、二月には全羅道の農民蜂起や東学党の乱が勃発、朝鮮は、清国に援軍を要請する。天津条約に基づき、日本も朝鮮出兵を通告、公使館警護と在留邦人保護を名目に派兵、清国軍と対峙することになった。ついに七月二十五日、豊島沖《ほうとうおき》海戦が始まり、日本国と清国の全面戦争が避け難いものとなる。八月一日、日本から宣戦布告がなされ、日清戦争の火蓋が切られた。

まさにこうした時局のなかで、明治二十七年、子規に宛てた九月四日付の書簡が興味深い。

「元来小生の漂泊は此三四年《このさんよねんらい》来沸騰せる脳漿を冷却して、尺寸《せきすん》［わずか］の勉強心を振興せん為のみに御座候」。

「沸騰せる脳漿」の原因を、先に述べた女性関係と関係づけて語る者も多いが、私は漱石が社会の現実と激しく突き当たっている様と見る。

「去《さ》すれば風流韻事抔《など》は愚か、只落付《おちつ》かぬ尻に帆を挙げて、歩ける丈《だけ》歩く外他《ほか》の能事《のうじ》無之《これなく》、願くば到る処に不平の塊《かた》まりを分配して、成し崩しに心の穏《おだや》かならざるを慰め度と存候《ぞんじそうら》えども、何分其甲斐なく」

と続いており、この「不平の塊まり」を失恋に限定してよいかどうかが問われよう。「風流韻事」「到る処に不平の塊まりを分配」などの言葉からは、維新前夜、各地を遊説に飛び歩いた志士文人の姿さえ彷彿とする。

「理性と感情の戦争益《ますます》劇《はげ》しく、恰《あたか》も虚空につるし上げられたる人間の如くにて、天上に登るか奈落に沈むか、運命の定まるまでは安身立命到底無覚束《おぼつかなく》候」（22/69）。

おそらくこの「理性と感情の戦争」といった表現に、江藤らは不倫疑惑を抱くのだろうが、この対《つい》を思想と行動に読み替えてもよいのではないだろうか。ここにはきわめて感情の昂《たか》ぶった文言が並ぶ。

近代的な装甲艦で装備された、清国の北洋艦隊が大敗、制海権を失う黄海海戦（鴨緑江海戦）は、この書簡の十日余り後の九月十七日のこと、時局には緊迫したものがあった。さすがに江藤も、一方「彼の前にはどのように生きたらよいか、という問題が絶えず掲げられている。そして、これは彼の眼には近代日本の病弊に対して如何なる解答を見出さねばならぬか、という焦燥として映じている」、あるいは「一見時流に超然としていたかに見える漱石が、実は最もよく日本の現実をとらえ得ていた、という逆説的な事情」（『決定版 夏目漱石』）があるという指摘をしていた。さらに江藤は、「むしろ戦争は彼の内部におこっていた」との視座のもとに、老荘的、文人的なもの、「奇妙に静寂な世界」が「漱石の低音部」をなしていたという解説を加えている。丸谷才一の「漱石門下の人々の思考のパターンが、具体的な歴史を喪失した、いわば無歴史的なものだったという事情がある」

という指摘もあり、漱石像があまりにも時代・社会と隔絶した形で作り上げられてきた懸念がさまざまに表明されている。あらためて時局の中で、この書簡が読み直される必要を感じるのである。

「漂泊は此三四年来沸騰せる脳漿を冷却」するため、と言っているが、この「漂泊」とは、この年七月に伊香保温泉、八月に松島、九月に湘南にと、毎月のように東京を離れ出かけていたことを指すのだろう。松島、湘南への旅は、手紙の後半にも出てくる。しかし遡って明治二十五年（一八九二）の京都、堺、松山、その翌年の日光旅行も考えられよう。さらに、英文科に入学以降の専攻科目が定まらない心の「漂泊」、あるいは、国民皆兵主義が現実化した明治二十二年の「改正徴兵令」公布に反発、徴兵忌避に出て北海道後志《しりべし》の国《くに》岩内郡に分家届を出したこともあるいは漂泊か。けれどもこれは、脳漿を冷却するものではなく、かえって沸騰させるものであるかもしれない。早稲田大学の前身東京専門学校の講師を勤めつつ、学習院大学への就職を希望し、それが不調に終わり、年俸四百五十円の東京高等師範学校の英語嘱託におさまるという経緯もまた、身分の安定しない漂泊の状況かもしれない。なかでも学習院の一件は、漱石の心に相当な打撃を与えていたように思われる。

当時学習院の嘱託教授で親友の立花銑三郎《せんざぶろう》（『種の起源』の最初の翻訳者）に、学習院就職の斡旋を依頼。漱石の思想信条からして、幕末に京都御所日御門《ひのみかど》（現在の建春門）前に開講され、孝明天皇より「学習院」の勅額下賜の由来を持つ、宮内省所轄の官立学校学習院への奉職意欲にはきわめて熱いものがあったと思われる。教育者として、国家の忠臣たらんとする意欲である。在学中の文科大学教育学の論文「中学改良策」は、

「尊王攘夷の徒 海港封鎖の説を豹変して 弐千五百年の霊境を開き 所謂碧眼児の渡来を許したるは既に廿五年の昔しなり」

で始まる。単なる教育論に終わらず、国策を論じる、かなり過激な部分を含むものになっている。「元来吾々当時の青年は破壊時代に生れたる上 好加減《いいかげん》の教育を生噛《なまが》みにして 只今迄経歴したる者共なれば 智育徳育共に充分ならず」と自らの反省をも踏まえ、現今の教育は「節操の堅固ならず 志気の高尚ならざるものも甚だ多からん 是尤《もっと》も匡《ただ》さざる可《べか》らざるの欠点とす」と、論客さながらの文章が綴られる。

さらに「軍艦も作れ 鉄道も作れ 何も作れ彼も作れと説きながら 未来国家の支柱たるべき人間の製造に至っては毫《ごう》も心をとどめず 徒《いたず》らに因循姑媳《いんじゅんこそく》の策に安んじて 一銭の費用だも給せざらんとす 是等の輩《やから》真に吝嗇《りんしょく》の極《きわみ》なり」と教育の軽視を批判し、あるいは、行き過ぎた欧化政策に対しても「遂には日本人の胴に西洋人の首がつきたる如き化物を養成するに至る」と、立派な政治批判ともとれる手厳しい論難を展開する。若い漱石は、文部省

貸費生から特待生へ、授業料免除の優遇を受け、国家官僚として嘱望されていた身分である。その学生が展開するにはいささか過激な文章である。この「中学改良策」に示された思想内容が審査されたとも思われないが、採用が半ば決まったような情報を一時得た、至願の学習院大採用は、結果として不調に終わる。代わりにエール大学に留学した「洋行帰り」の重見《しげみ》周吉《しゅうきち》（一八六五―一九二八）に決まる。晩年学習院に講演に出かけた漱石、「さていよいよモーニングが出来上ってみると、あに計《はか》らんやせっかく頼《たの》みにしていた学習院の方は落第と事がきまったのです。そうしてもう一人の男が英語教師の空位を充たす事になりました」（「私の個人主義」）と滑稽味を交えて語っているが、無念の思いは隠せていないのではないだろうか。

この経緯も、漱石を「沸騰せる脳漿」状態に陥《おとしい》れてもおかしくはないが、しかし、やはり日清戦争をめぐる事態が、「沸騰せる脳漿」と、最初の神経衰弱症を生じさせた、最たる要因だったと思う。

大岡昇平（一九〇九―八八）は『小説家夏目漱石』のなかで、「戦争には、国家権力がいちばん露骨に出る」「昔は体の丈夫な国民はみな兵役に服し、国家が戦争をはじめれば戦場へ行って戦わなければならなかった。人を殺すのがいやでも、命が惜しくって、妻や子供がいて未練があっても、だめでした」「従って戦争には、そういう国家の暴力が非常に露骨にあらわれる」と述べている。漱石の、この時期の心中と行動を理解する上で、重要な視点を示しているように思う。国民皆兵主義が現実化した改正徴兵令のもとでの戦争である。このことは、真面目で、節義、節操を重んじる漱石には、該当する日本の男子として、深刻に受け止めざるを得なかったに違いない。国家・権力のあり方、戦争に対し、漱石が真剣に、我が身のこととして正面から向き合った、最初の事件だったのではないか。

両頭の蛇を切断する――変節者への怒り

その後漱石は、親友菅虎雄の斡旋で、愛媛県尋常中学校（松山中学校）に赴任する。その松山着任早々、漱石の心中を表した漢詩に、手がかりが隠されていると思う。日清戦争の従軍記者として大連に赴き病で帰国、神戸県立病院入院中の子規に、四首を送っている（明治二十八年五月二十六日付）。漱石が都落ちさながら東京を離れた心境を漢詩に託した最初の一首はこうである

快刀切断両頭蛇
不顧人間笑語譁
黄土千秋埋得失

快刀切断す両頭の蛇を
人間笑語の譁《かまびす》しきを顧《かえり》みず
黄土《こうど》［黄泉・墓］千秋得失《とくしつ》［成功と失敗］を埋《うず》め

蒼天万古照賢邪
微風易砕水中月
片雨難留枝上花
大酔醒来寒徹骨
余生養得在山家

蒼天《そうてん》万古賢邪《けんじゃ》を照らす
微風砕き易《やす》し水中の月
片雨《へんう》留まり難し枝上《しじょう》の花
大酔醒《さ》め来《きた》って寒さ骨に徹し
余生養い得て山家に在《あ》り　（22/79）

この詩については、漱石自身の内面を見つめ、そこに巣くう正と邪、理性と感情といった、分裂し、二つに迷う心を、自らの手で断ち切ったという解釈も多い。さらに、「両頭」の具体的な姿を漱石の作品中に求め、『猫』の苦沙弥と迷亭、『坊っちゃん』の主人公と赤シャツ、さらに『心』のKと先生等々にあて、これらの人物を描くことで、漱石は自らの内部の両面を捉え、また読者に示していた、と読み取るものもいる。そうした作品読解を全面的に否定するわけではないが、諸書の解説のとおり「双頭の蛇」（両頭蛇とも）が、中国楚の賢相孫叔敖《そんしゅくごう》（生没年未詳）の故事によるとするかぎり、別様の読みへと誘われざるを得ない。

というのも、漱石は故事が持つ意味を離れ、言葉だけを形容語として用いる人ではなく、つねに固有名詞に湛《たた》えられている歴史事象を重視していたからである。孫叔敖は、役人の不正を糺《ただ》し、民の教化に努め、荘王の覇業を助けた人物。「双頭の蛇」は、叔敖が子供の頃、人に邪悪を招くという蛇を自らの死の危険をも顧みず断ち切ったという逸話を指す。そこでこの言葉は、他者の幸せを願っての行動を意味している。故事はまた「陰徳ある者には必ず陽報がある」の含意でも使われていた。この句にはだから、自己の外に存在する「両頭の蛇」を切断する、との意がもられているはずなのである。「黄土《こうど》千秋得失《とくしつ》を埋《うず》め、蒼天万古賢邪を照らす」の句もまた、他者の存在を想定してでなければ自然に意をとりにくい。

二首目も「東風に辜負《こふ》［背く］して故関を出づ」に始まり、詩の後半は「才子群中只《ただ》拙を守り、小人囲裡《いり》［かこむなか］独り頑を持す、寸心［志《こころざし》］空しく託す一杯の酒、剣気［剣先の殺気］霜の如く酔顔を照らす」（22/80）とあり、内面を静かに見つめる内省的なものというより、まるで維新の志士さながら。これが、松山着任早々の詩であること、また一首目の「大酔醒め来って寒さ骨に徹し」と場所や時間の推移を示す詩句や、第二首中の「才子群中」「小人囲裡《いり》」等の表現を考えれば、松山以前の東京での漱石の活動時の意識がより強く詠み込まれているように思える。

「脳漿」を「沸騰」させるものも「両頭の蛇」も、内面の葛藤などであるよりも、外なる社会的な事象であったと考えるべきではないか。

文字の奇禍を買う

四首の漢詩を投函の二日後、漱石はさらにもう一詩、葉書に書いて子規に送っている。

破砕空中百尺楼
巨濤却向月宮流
大魚無語没波底
俊鶻将飛立岸頭
剣上風鳴多殺気
枕辺雨滴鎖閑愁
一任文字買奇禍
笑指青山入予洲

空中百尺の楼を破砕すれば、
巨濤《きょとう》却《かえ》って月宮に向って流れん、
大魚語無く波底に没し、
俊鶻《しゅんこつ》［ハヤブサ］将《まさ》に飛ばんとして岸頭に立つ、
剣上風鳴って殺気多く、
枕辺雨滴《したた》って閑愁を鎖《とざ》す、
一任《いちにん》す文字の奇禍《きか》［予期しない災難］を買うを、
笑って青山を指し予洲《よしゅう》に入る

（22/81）

漱石が東京を離れる際、その目の前には、「空中百尺の楼」と表現される、大きく立ち塞がるものがあった。それを「破砕」するというその「破砕」の文字からしても、東京を逃れはするものの、本来の戦いの意識を失ってはいないという、強い意思表示をこの詩に見ることもできる。

が、ここでは「文字の奇禍」の語に注目したい。文によって思いがけない災いを受ける筆禍、舌禍を意味する言葉である。その「文字の奇禍」を被ろうとかまいはしない、と漱石は歌っている。漱石の身のまわりには、学問、文筆に携わる者にとっては忌々《ゆゆ》しき現実が、日常としてあった。この漢詩を送った明治二十八年（一八九五）の暮れ、子規宛の書簡にはこう記されている。

「承わり候えば、『日本』は又々停止の厄にかかり候由。十一日より、右災難にかかり候やに承わり候。左すれば十日の分は当地へ参る間敷《まじく》、若《も》し御手元に御座候わば、三ページ丈《だけ》でもよし、御郵送被下度《くだされたく》候」（22/89）。

『日本』とは、明治二十二年創刊の日刊紙。子規を支援していた、国民主義に立つ陸羯《くがかつ》南《なん》（一八五七―一九〇七）が主宰するものだった。子規は明治二十五年頃から、紙面に投稿、深い関係を持つようになる。漱石の親友菅の妹は、杉浦重剛《じゅうごう》（一八五五―一九二四）の媒酌で松山に嫁入りしていたが、その重剛をはじめ、のちに漱石の朝日新聞入社に深くかかわった池辺三山、大正デモクラシーで活躍する長谷川如是閑《にょぜかん》（一八七五―一九六九）、『猫』の挿絵で知られる中村不折《ふせつ》（一八六六―一九四三）、虚子と並び「子規門下の双璧」と称された河東碧梧桐《へきごとう》（一八七三―一九三七）、そして条約改正反対の運動や自由民権運動に関わる三宅雪嶺《みやけせつれい》（一八六〇―一九四五）等々、いずれも漱石とも繋がりの深い顔触れが、その『日本』に名を連ねていた。

のちに述べる漱石の探偵嫌いも合わせ考えるとき、「文字の奇禍を買う」という言葉は、少しも誇大な表現ではなく、強いリアリティをもって身に迫っていたのではないか。そして詩は、それと闘う意気を示している。

陸游への想い

中国喫茶史にも登場し、漱石に大きな影響を与えたと思われる詩人に南宋の陸游《りくゆう》（放翁。一一二五―一二一〇）がいる。日清戦争という国家の選択に激しい憤りを抱いていた頃、顔真卿や王維さながら、まさに左遷の思いで東京を離れ、松山中学校に英語科教師として赴任していた頃、後に歴史学者となる友人の一人、斎藤阿具《さいとうあぐ》（一八六八―一九四二）に、真情を書き綴った手紙を送っていた。因みに斎藤は、漱石が『猫』を執筆した駒込千駄木町の家を、漱石に貸していた人物である。そうした親しさゆえに、素直な心の内を吐露することになったのだろう、「小生抔《など》田舎にくすぼり帰《かえ》り居候のみにて一向さえたる事も無之《これなき》当節は、余程《よほど》田舎じみ申候。［中略］小生天公と中［仲］がわるく御座候えば、別に牡丹餅の、棚より墜《お》つるを望み居り不申《もうさず》、行尽天涯似断蓬《ゆきつくすてんがいだんぽうににる》とか、末は放翁《ほうおう》の生《うま》れ代《かわ》りにでも相成る事と存候。呵々《かか》［笑］」（明治二十八年七月二十五日、22/82）と書いていた。放翁とは陸游のこと。そのうち陸游の生まれ変わりにでもなるかもしれない、とはきわめて積極的な発言だ。漱石の当時の心境では、誰よりもその心を重ね合わすことのできる人物だったことになる。「断蓬」とは、ふらふらして拠《よ》り所のない様子を言う。官職にあっても落ち着かず、免職され郷里に戻り、また復職、また免職、左遷を繰り返していた陸游の生涯に、職の落ち着かない我が身を重ね、感慨深いものがあったに違いない。

陸游は、南宋の四大家の一人に数えられる詩人だったが、政治家としても知られていた。陶淵明、杜甫、李白等を尊崇、その詩は、『草枕』の情景を彷彿させるような、山水を詠ずるもの、田園での隠棲生活への憧憬など、世俗を超越し、悠然とした閑適詩が多かったが、また一方乱世にあって、愛国、忠臣、忠節等の熱情を詠い、世事を忘れず、政治の腐敗を糾弾、志士の精神を示す情感溢れる憂憤の詩も多く残している。そして、風花雪月、自然に身を委ね、心身休息の時の伴侶が茶であり、茶はまた彼の詩趣を増す手段ともなっていた。

「我は是《こ》れ江南の桑苧家《そうちょけ》［陸羽の家系］、泉を汲んで閑《のどか》に故園の茶を品す」（「安国院煎茶」）の詩にもあるように、唐代煎茶の祖陸羽を敬愛、漱石の言葉を借りるならば、放翁ならぬ陸羽の「生れ代にでも相成る事」を実行していた。陸姓が同じということから、茶神陸羽の子孫と名乗るほど傾倒し、詠茶の詩は、おそらく詩人中最多と思われる三百二十余首にも及んでいる。宋代の茶は、既に「煎茶」と呼ばれる飲茶法を過ぎていて、「抹茶」「点茶」「碾茶《てんちゃ》」等の文字で詩文に登場しており、彼も「碾茶」等の用語は用いるものの、「雪後煎茶」「効蜀人煎茶戯作長句《しょくじんのせんちゃにならいたわむれにちょうくをつくる》」「閑院自《みずから》煎茶」といった題や詩句に見られるように、「煎茶」の文字を多用している。唐代の文雅な、あるいは政治的な義憤を秘めた、「盧陸の道」への敬慕からか、「煎茶」の文字は意識的に使われていた感がある。

陸游の詩には、愛国的な詩と閑適の日々を詠じた詩の両側面が存在した。茶や塩の専売を監督するため撫州《ぶしゅう》（江西省）に赴任中、大規模な洪水が発生、人民が困窮の折には、官有米を用いその救済に充てていた。この弱者に対する優しい想い、当路者の失政に対する厳しい指弾、それは陸羽、盧仝、そして陸游の共有するものだった。漱石も、そうした「徳義」には強い想いがあった。それだけに、「末は放翁の生れ代にでも相成る事と存候」の言葉を、軽佻《けいちょう》に衒学的なものとして見過ごしてはならないだろう。幕末文化年間に刊行された『放翁詩話』や、江湖詩社を起こした江戸後期の詩人市河寛斎《かんさい》（一七四九―一八二〇）撰定の『范石湖・楊誠斎・陸放翁三家妙絶』などの書が、漱石の座右に置かれていた（「漱石文庫」に現存）。范石湖《はんせきこ》は范成大《せいだい》（一一二六―九三）のこと、刑法を改め人民救済に心を配り、また対外交渉でも屈せず、宋王朝の面目を保った忠臣としての名も高い。陸游と同じように、茶詩も知られ、特に茶園で働く農民の姿を詠った佳詩がよく取り上げられている。

4　熊本と煎茶

松山行き・松山落ちの真実

松山中学にはわずか一年勤めただけで、漱石はまたも菅の斡旋で九州熊本の第五高等学校講師に就く。十年後の回想ということにはなるが、心許して話せる親友狩野亨吉への手紙で漱石は、松山へ、そして熊本へ赴任する時の心境を具《つぶさ》に伝えている（明治三十九年十月二十三日付）。

「東京を去らしめたる理由のうちに下の事がある。——世の中は下等である。人を馬鹿にしている。汚ない奴が他と云う事を顧慮《こりょ》せずして衆を恃《たの》み勢に乗じて失礼千万な事をしている。こんな所には居たくない。だから田舎へ行ってもっと美しく生活しよう——是が大いなる目的であった」（22/598）。

「衆を恃《たの》み、勢に乗じて失礼千万」の具体的内容は想像するしかないが、東京と断っている以上、漱石を取り巻く社会、大学をはじめとする教育界、その組織などが考えられる。あるいは国家、権力者、財閥、御用学者ということも考えられる。ところが、「汚ない奴」「衆を恃む」者たちは東京以外にもいた。

「然るに田舎へ行って見れば東京同様の不愉快な事を同程度に於て受ける。其時僕はシミジミ感じた。僕は何が故に東京へ踏み留まらなかったか。彼等がかく迄に残酷なものであると知ったら、こちらも命がけで死ぬ迄勝負をすればよかった」。

かなり踏み込んだ言葉である。「東京同様の不愉快な事」、それは松山でも起こった。

「余は比較的にハームレスな［無害な］男である。進んで人と争うを好まねばこそ退いて一人（種々な便宜をすて、色々な空想をすて、将来の希望さえ棄てて）退いて只一人安きを得ればよいと云う、謙遜な態度で東京をすてた」。

にもかかわらず、彼らは、

「猶《なお》前と同程度の圧迫を余の上に加えんと試みたのである。此は無法である。文明の衣をつけた野蛮人である。かかるものをして、一毫たりとも彼等の得となる様な事をするならば、余は社会の一員として、それ丈社会の悪徳を増長せしむる者である」。

ほとんど激昂した口ぶりである。明瞭な言葉で語っていないところに、抑圧された時代の空気、漱石のもどかしさを感じるのだが、「圧迫」とか、「彼等の得となる様な事をするならば」といった表現からは、推測できるのはやはり国家権力とそのもとでの奉仕といった力関係ではないか。愛媛県尋常中学校教員も立派な公務員、そのあり方に種々思うところがあったに違いない。

「高等学校が栄転だから行ったと思うのは外見である。栄進と云う念慮は東京を去る時にキパリと棄てて居た。松山が余の予期した様な淳朴な地であったなら余は人情に引かされて今日迄松山に留まって村夫子《そんふうし》を以て甘んじていたかも知れぬ」（22/599）と、親友ゆえの安心感か、歯に衣を着せず打ち明けている。子規にも、松山滞在中に「当地の人間、随分小理窟を云う処のよし。宿屋下宿皆ノロマの癖に、不親切なるが如し。大兄の生国を悪く云ては済まず。失敬々々」と忌憚のない言葉を洩らし、あたかも地元の人情に問題があるような印象を与えている。だが、「文字の奇禍」を頭に置いた時、文面どおりに受け取れないものもある。『坊っちゃん』で触れられることはなかったが、日清講和条約調印の年、松山には全国で最初の「俘虜収容所」が開設され、清国の捕虜九十二人が収容されていた。日清戦争を、身を裂く思いで受け止めていた漱石にとって、その影を引きずる松山は、最早「淳朴な地」からは遠いものになっていたのだろう。神経を休ませ「村夫子」であることの夢をも容赦なく打ち砕く、厳しい現実を突きつけられる地になっていた。

「熊本は松山よりもいい心持で暮らした」と手紙の続きにはある。熊本第五高等学校在職中の漱石は、ボート部の顧問を務めて、自費で部活を補助するなどしており、学生思いの良き教授像が記憶や記録に残されている。そして後年『草枕』に書かれる見聞、体験を重ねる。結婚もする。だが、漱石の内面では、松山赴任と同じように、熊本に行ったことは、本意ではなく、大きな悔いを残していた。

「もし是からこんな場合に臨んだならば決して退くまい。否進んで当の敵を打ち斃《たお》してやろう。苟《いやしく》も男と生れたからには其位《そのくらい》な事はやればやれるのである。やれるのに自己の安逸を貪る為めに田舎迄逃げ延びたればこそ彼等をして増長せしめたのである」（22/599）。

「当時ひそかにこう決心」した上で「熊本に行った」と意味深長な内容を狩野亨吉に告白している。「敵」の名は、それと分かる文字で示されてはいないが、それは「社会の悪徳」「不正」を含むもので、さしあたり近代国家の首都東京に存在していた。そして、いかに戦えばよいのか、その方法を学ぼうとする姿勢が、熊本での漱石の行動からはうかがえると私は思う。

熊本でのレッスン

その一つが『草枕』の舞台となる小天《おあま》への小旅行である。例の煎茶を振る舞う那美の父親「志保田のヒゲの隠居」との出会いである。物語のうえでの名前「志保田」に、「志《こころざし》を保つ人」というほどの意味をこめているかどうかさだかではないが、実在の彼は確かにその名に相応しい人物として伝えられている。「決して退くまい」否進んで当の敵を打ち斃《たお》してやろう」と、社会に敢然と立ち向かう意思を固めた青年漱石を、魅了してやまない「ヒゲの隠居」だった。

その名は前田《まえだ》案山子《かかし》（一八二八―一九〇四）、上村希美雄氏「『草枕』の歴史的背景」によれば、玉名郡の豪農（郷士）の家の生まれ、少年時代から武力に優れ、二十一歳で肥後藩に出仕、二十五歳で前田家を継ぐ。明治維新を迎え、多くの武士が前途に暗雲を抱えていた時、「文を学ばざるべからず」と、逸早く武を棄て文に生きる決意をして小天に戻り、近隣の儒者を自宅に呼び講学に努め、僻村の人材の育成にも努め、「経世済民」の志を固める。つねに村民の先頭に立って奮闘、地租改正条例の公布に伴い地価評定が始まると、小天村委員惣代として、予定の地価額を押しつける県吏と対立、案山子は一歩も譲らず、ついに小天の地価額は近隣より低額となるという成果を獲得する。村民が案山子を信頼、その徳を慕うに至ったのは当然。ここにも、煎茶精神の主要素、弱者への温かい視線が感じられ、またこの人柄は、漱石がかねて心に潜《ひそ》めていた理想の姿でもあっただろう。

以下、上村論文によりつつ案山子の人となりを見ていこう。

案山子と自由民権運動の別天地

西南戦争で政府軍と西郷率いる薩軍とが対峙する中、「玉名郡郷備金二万円」の没収が、両軍の戦略目標と察知した案山子は、西南戦争には厳正中立で臨み、郷民のため、郷備金を守り抜く決意を固める。熊本城下を制圧した薩軍は、小天にも駐屯し、予測どおり案山子が管理する郷備金を強要、拒否するや官軍内通の嫌疑がかけられる。この時、西郷軍に呼応して起《た》った熊本藩の武士、熊本隊の隊長池辺《いけべ》吉十郎《きちじゅうろう》（一八三八―七七）は、早くから案山子の声望を知っていただけに、礼厚く迎えて、郷備金を熊本隊本陣に預け、共に民衆鎮撫の任に当たるようにと説得にかかる。隊ではこの時、返答次第では案山子を殺害、小天を焼討ちし、郷備金を強奪せんとの計画も立てられていた。

しかし案山子は、人民の安寧が自分の職責であり、郷備金は人民膏血《こうけつ》の結晶、天災や救荒に備えるもの、と「理路整然と陳述」（「『草枕』の歴史的背景」）したという。池辺も事理の明白さの前に沈黙、翌日釈放した。「もろ人の為めに惜まぬ我命、すてて誠を後の世までも」の一首は、この時案山子が出かける前に書き残していたものという。このあたりの話、漱石は耳を欹《そばだ》てて聞いていたに違いない。西郷隆盛に少なからぬ関心を寄せ、歴史を学問の本質として捉えていた漱石が、まさに歴史の生き証人たる案山子との会話に、どれほど、その心を躍らせていたことか。しかも、ここに登場する「肥後の西郷」とも呼ばれ、同志たちに愛されていた池辺吉十郎は、後に漱石が、朝日新聞入社を決断する上で、重要な役割を担う池辺三山の実父とあっては、運命の不思議を感じないわけにはいかない。

じつは、池辺の住まう横島（現玉名市）が、官軍の占領地となった時、戦火を逃れた池辺の家族は、案山子の家に身を潜めていた。そのなかにはのちの池辺三山もいた。「もしこの時小天が焼討ちの戦火」に遭っていたら、「のちに漱石を作家として世に出す機縁をつくるこの少年の運命も、従って漱石自身のそれも、どのように変転したかはわからない。しかも案山子はその時、池辺に対しひと言も相手の家族をかくまっている事実を告げなかった。後日それを知った吉十郎は、案山子の公私をまじえぬ潔《いさぎ》よい進退に感嘆した」（同前）という。これは、漱石も晩年よく口にしていた逸話である。

「三四年来沸騰せる脳漿」と、時世のありように憤懣やるかたない思いに駆られていた、そのわずか四年後、漱石と案山子は出会っていた。思いあまりながらも行動に移せない漱石が、数々の剛直な行動を歴史に刻んだ人物を、どのような目で眺めていたのか。子規が一時身を投じていた自由民権運動でも、案山子は、漱石の眼には眩しいほどの実行力を示していた。自由民権運動が大きな波となって小天にも押し寄せていた頃、案山子は自由民権結社「山約水盟会」を設立、さかんに演説会を開いている。これは全国に先駆けた運動だった。各地では「会場ヲ貸スモノナク演説会モ止メ」になり、「政治集会の届出許可制、警察官の演説会臨監、解散・禁止等を定めた民権運動の弾圧法規が、即座に効果を発揮」(同前)していた時だが、小天では、演説会が一度も中止・解散を命ぜられることはなかった。警官も、村内の最有力者案山子が後ろ楯では迂闊に口出しできなかった。時に聴衆は百名を超え「当時の小天はまさに一村挙げて自由民権運動の別天地だった」と、上村は指摘している。女性民権運動家岸田俊子《としこ》(中島湘烟《しょうえん》。一八六三―一九〇一)も小天で演説会を開き、村民五百余名が出席したという。彼女は、一時宮中に出仕、皇后に漢学を講義するなどしていたが、のち作家として活動、『婦女の道』などで男女同権を説き、この頃は各地を演説してまわっている時期だった。この時も大喝采を受けるが、その前夜は案山子の別邸に泊まっている。当時の自由民権運動の理論的指導者、中江兆民(一八四七―一九〇一)も小天で講演し、三、四日滞在している。

さらに案山子は、東京に出て「条約改正」反対運動の先頭にも立ち、積極的な行動を展開する。しかし「保安条例」によって皇居外三里の地に追放され、帰郷。のち国会議員となるが、引退後の晩年は、文人墨客を友とし、閑適の道を選んだ。小天の山麓に温泉を発見し、別荘を建設して以来、『民権自由論』の著者植木枝盛《えもり》(一八五七―九二)や、のちに右翼の巨頭となる、当時の自由民権家頭山満《とうやまみつる》(一八五五―一九四四)、それに中国の革命家孫文（一八六六—一九二五）、その革命運動を支援する宮崎滔天《みやざきとうてん》（一八七〇—一九二二）など、近代史にその名を刻む多くの活動家が訪れていた。

煎茶への関心の深まり

明治三十年（一八九七）十二月、漱石は、時代の役目を終えて「閑人適意《かんじんてきい》」の生活に入っていた文人前田案山子と出会うことになる。盧仝のように、あるいは藩内の農民一揆の際に「建言書」を書き藩政批判をした田能村竹田のように、つねに弱者の味方となって行動した過去をもち、また陸游や頼山陽のように愛国・憂国の志を詠じて閑適の日々を過ごしていた。漱石は目の前の案山子を、これらの人々の姿を二重映しにするような思いで眺めていたに違いない。案山子を漱石に紹介したのは、東京では一高・大学時代を、さらに熊本五高でも教職を共にし、この頃最も濃密な交友をしていた山川信次郎（一八六七—？）だった。しかし『全集』には、漱石の、山川単独宛の書簡は一通も掲載されていず、最も知りたい漱石の言動は、文字どおり歴史の闇に葬り去られた形になっている。漱石をはじめ山川など、新進の五高教授が連れ立って、一度ならず小天を訪問していた理由は、魅惑的な女性「那美」のモデル前田卓《つな》の存在だけではもちろんなかっただろう。

翌明治三十一年の四月、漱石は山川信次郎らと再び小天温泉に出かけ、さらに初夏の頃にも、親友狩野亨吉を誘い、山川ら総勢五名で出かけた、という。この時は前田案山子の本宅にも招かれている。最初は山川に誘われて出かけた小天の旅も、後には漱石が先頭に立っていたとみえる。案山子という人物に心動かされた漱石は、堅い友情の絆で結ばれていた狩野亨吉にも是非会わせたい、と思ったのだろう。案山子は彼らの心を捉えるに十分な器量と、そして歴史の激動を潜ってきた経験の重みを具えていた。

上村希美雄前掲論文でも、安住恭子氏『「草枕」の那美と辛亥革命』(白水社、二〇一二年)でも、漱石の小天行の要因として、那美のモデルになった前田卓への恋をあげている。漱石の卓への恋に悩んだとされる鏡子夫人が入水自殺をはかるという事件もあった。一命を取り留めたが、これが原因で、「漱石と卓との間にあったかもしれない淡い心の交流は、[中略]ぴたりと終止符を打ったのだ」と安住は書いている。けれども、後年の森田草平の聞き書き、「漱石先生言行録」中の前田卓の談話では、「小天湯《おあま》の宿へもたびたび入らして、懇意にしていました五高の生徒さん方」と、漱石が生徒たちとともに訪れていたことを証言したり、「宅の老人が骨董が好きで、それをお見せするために、たびたびお茶にお呼びしたのも真実《ほんとう》でございます」と、『草枕』そのものの交際が語られ、漱石が前田老人との親交にこそ心を向けていたことを示唆する言葉もある。漱石の思想と信条、人柄から推して、卓は隠れ蓑、そうでないとしたら二人の間では政治談議に花が咲いていたのではないか、と私は憶測する。「たびたびお茶にお呼びした」との卓の証言にもある茶は、この時代ではなお、一つの思想、精神を象徴するものであった「煎茶」だった。

漱石が対面した当時の前田案山子の部屋の写真（『桃源郷・小天「草枕」の里を彩った人々』）が残されている。そこには、素焼きの立派な涼炉《りょうろ》と湯瓶《ゆへい》（ボーフラ）が写し出されている。近世の煎茶席も、閑適を装ってはいても、尊王諸藩士と公家の密談の場所にもなっていた。漱石も京都に来た折、わざわざ訪れていた清閑寺の郭公亭では、西郷と月照が討幕の密談を交わしていた。可進の後楽堂に各地の国学者や公家が集まり、尊王論を談じていたように、政治を語る場でもあった。前にも述べたとおり、その記憶からまだそう遠くない時代に、漱石は生きていた。

鏡子夫人も「お父さん［前田案山子］の離れで一日一回ぐらいずつお茶によんで、掛物をかけかえたりしてみせたものだそうです」（『漱石の思い出』）と述べているが、漱石の骨董好きはもちろんだが、この掛物がやはり曲者《くせもの》である。当時煎茶席に好まれた、中国の詩人のものであれ、山陽、竹田《ちくでん》、木米《もくべい》や若冲、それに隠元、木庵など黄檗僧のものであれ、その掛軸から展開される煎茶的話題は、既に縷々語ってきたように、政治的話題にすぐにスライドできるものだかり。

小天には、明治三十年の年末を最初とし、翌年に数回足を運んでいたことが確認されているが、その後の記録はいまのところ見つかっていない。先ほど述べたように山川宛の書簡が残っていたら、その間の事情はより明らかになっていただろう。漱石の転居などもあり、身辺多忙が原因で足が遠のいたのかもしれない。さらに明治三十三年七月、漱石は英国留学のために熊本を離れる、その後、明治三十六年一月二十日に長崎港から、神戸を経由して、三日後に新橋駅に着くまでの間、日本を留守にする。そしてその翌年に、前田案山子はこの世を去る。敬愛していた案山子のいない小天は、わざわざ足を運ぶまでもない場所、回想の世界として終わらざるを得なかった。

しかし、売茶翁にも似たところのある髭の老人から供された煎茶は、漱石の心に強烈な印象を残したに違いない。小さな煎茶碗に注がれた、数滴の茶味は、たんなる茶味にとどまらず、郷民を守り抜いた優しさと、西南戦争や自由民権運動を戦い抜いた闘志の熱情が加味された「甘《うま》い茶」だった。漱石が決してそうと説明するわけではなかったが、『草枕』に描かれた煎茶場面の一碗には、西南戦争や自由民権運動に遡る、あるいは幕末維新、さらには我が国の誕生にまで遡る、壮大な歴史を動かす根源が、滴々と注ぎ込まれている、と思えてくる。

煎茶の部屋

漱石は熊本で何度も住まいを移しているが、新婚時代、まさに『草枕』の故郷小天に出かけていた頃、その住まいの家主は落合東郭《おちあいとうかく》（一八六七―一九四二）だった。落合は五高では漱石と一時共に教鞭を取っており、漢詩の才にも優れ、漢詩集もある。明治天皇の信頼厚く、宮中に入り、明治・大正・昭和の三代にわたり天皇の侍従を務めている。住まいに煎茶室を設けていたことからも、「静坐して茶を煎ず小院の中、好し是れ心を安んずれば暑熱無し」と詠む「煎茶」と題する詩のあることからも、煎茶に親しんでいたことは間違いなく、漱石も、東郭との親交のなかで、直接、東郭手ずからの手前による煎茶の接待を受けていたかもしれない。漱石が『草枕』で描いた煎茶、「舌頭へぽたりと載せて、清いものが四方へ散れば咽喉《のど》へ下《くだ》るべき液は殆んどない」は、小川可進の煎茶が念頭に置かれていた、と前に書いた。それは直接には東郭の煎茶を見て、という可能性もある。

可進の煎茶は、二代其楽、三代偕楽と引き継がれるが、明治二十七年（一八九四）偕楽は若くして他界、可進の煎茶の継承者が一時絶える。その時、晩年其楽が歌道の門人として冷泉《れいぜい》家に入門していた縁もあり、「可進の火を絶やさず」の思いから、冷泉為紀《ためもと》（一八五四―一九〇五）、為系《ためつぎ》（一八八一―一九四六）父子によって家元が代行され、可進の煎茶が継承されていた。為紀は伊勢神宮の大宮司も務め、その間も伊勢の地に可進の煎茶の門弟を増やすなど、煎茶でも積極的に行動していただけに、皇室関係者ということで、東郭の煎茶が可進のものであったことが考えられるからである。

漱石は、私もこの目で実際確認したのだが、煎茶的な空間のそなわる家に暮らしていた。その部屋をおそらく東郭は「小院」と詠んでいた。落合東郭は、温厚で高潔な人柄という。漱石と煎茶を語るうえで、前田案山子とともに重要な人物である。英国留学から帰国の年、漱石が東郭に宛てた一通の手紙が残されている。「石硯一枚昨七日小包にて正に到着御厚意の段篤く御礼申上候」と、文雅な文人同士らしい交遊の様が記されている。「右は時代も古く光沢発墨の具合大《おおい》によろしく小生如き俗字を弄し候者には惜しき逸品と存候。裏面の彫刻及び銘亦《また》頗る趣味に富み居候やに見受候」と、まさに文房愛玩の近世文人の姿を髣髴させる。漱石は、喜びを隠せず、この硯は新しく入手したものか、それとも伝来の逸品か、その「歴史詳細」を知りたいと、いかにも唐好みの漱石らしい礼状を送っていた。

この頃、というのは小天で案山子の煎茶に接してからだが、漱石は煎茶にかかわる句を詠んでいる。

梅林や角巾黄なる売茶翁
秋風や茶壺を直す袋棚
水仙や髯たくわえて売茶翁

その年初めには、漱石は親友の菅虎雄たちと、当時煎茶の盛んだった日田《ひた》や耶馬渓《やばけい》に出かけ、九州の煎茶文化と深く触れ合う機会を持っているのである。

5　狂気と探偵嫌い

英国留学「夏目狂せり」

熊本滞在四年、明治三十三年、漱石は英国留学を命ぜられる。前に触れたように、「特に洋行の希望を抱かず」（『文学論』）だったし、「余の命令せられたる研究の題目は英語にして英文学にあらず」でもあった。漱石はしかし、「官命は官命なり、余の意志は余の意志なり」とひとり決めて留学に発つ。そしてロンドン滞在中、漱石「発狂」の噂が流れる。漱石と同船で留学し、当時ドイツ留学を終え帰国予定だった藤代禎輔《ふじしろていすけ》（素人。一八六八—一九二七）に、漱石を連れて帰るようにとの指令が出る。しかし、藤代がすぐに駆けつけると、漱石に狂気の様子はなかった、とのちに彼自身が証言している。以前藤代に、「近頃は英学者なんてものになるのは馬鹿らしい様な感じがする。何か人の為や国の為に出来そうなものだと、ボンヤリ考エテ居る。コンナ人間は外ニ沢山アルダロウ」との手紙を送っていた。日本を離れ、海外から日本を眺めると、日本国の思い上がり、未完成な近代国家の姿が、今まで以上に憂国の士漱石の胸を痛めることになる。妻への書簡にも「段々日が立つと国の事を色々思う」と書く、もっとも続けてすぐに「おれの様な不人情なものでも頻りにお前が恋しい」と書いており、「国の事」は、家族のことども受け取れるが、むしろ後の文は、検閲を意識したものだったのかもしれない。

さらに、日本が鑑《かがみ》としたはずのイギリスへの批判の視線も獲得する。「日本人はややもすれば英国英国という。英国の人間は生まれから高尚の様に思う。豈計らんや彼等は愚物と奸物と俗物の大部分よりなる国民なる事を。其俗と奸と愚を学んで揚々得々たるものは世界中只一の日本人あるのみ」(「短評竝に雑感」)。

寒い倫敦の夜、英文学を学ぶことへの迷いのなか、まさに維新の志士のように、真剣に日本の将来のことを考えていた。彼の日記には、「夜下宿ノ三階ニテツクヅク日本ノ前途ヲ考ウ。日本ハ真面目ナラザルベカラズ。日本人ノ眼ハヨリ大ナラザルベカラズ」とある。自身の殻の中に閉じこもる、狂人的な気配は決してない。「日本人ハ三十年前ニ覚《さ》メタリト云ウ。然レドモ半鐘ノ声デ急ニ飛ビ起キタルナリ。其覚メタルハ本当ノ覚メタルニアラズ。狼狽シツツアルナリ。只西洋カラ吸収スルニ急ニシテ消化スルニ暇《いとま》ナキナリ。文学モ政治モ商業モ皆然《しか》ラン。日本ハ真ニ目ガ醒ネバダメダ」と、きわめて真面目な議論が展開されていた。

ただし、三十四歳の未来ある青年、絶望的なことばかりを思っていたのではない。「日本ハ過去ニ於テ比較的ニ満足ナル歴史ヲ有シタリ」と、我が国の過去を振り返り、その歴史を評価してもいるのだが、それはいつの時代を頭に描いていたのだろう。この後、子規・虚子宛に送った「倫敦消息」でも「日本の将来と云う問題がしきりに頭の中に起る。柄《がら》にないといってひやかし給うな。僕の様なものが斯《かか》る問題を考えるのは全く天気のせいや「ビステキ」のせいではない。天の然らしむる所だね」と言っており、日本の置かれた世界での状況下、国を思うのは、必然的なこと、天命として受け止めている。

権力が、自分にとって都合の悪い行動を取る者に対して、時に「狂」の文字で始末するのは珍しくない。漱石も、そう処断されかけた一人と見てよい。漱石の「断片（日記）」のなかの、「池ガアルカイ　アア有ルヨ、魚が居るか居ないか受合わないが池は慥かにあるよ」といった走り書きについて、丸谷才一は「白痴の内的独白のように朦朧《もうろう》として支離滅裂」と評しているが、そのなかに、「こう見えても亡国の士だからな、何だい亡国の士というのは、国を防ぐ武士さ」とある。丸谷はこれを取り上げ、「「亡国の士」とは、徴兵忌避者の謂《いい》にほかならない。抑圧が強く働いているため、彼はロンドンの孤独のなかでも（彼の書く文字を読める者は周囲に誰ひとりいないのに）あからさまに書き記すことができないのである」と、その原罪意識を突いている。徴兵忌避とは、前にも触れたように、分家して本籍を北海道に移したことを指す。しかし、たとえ「亡国の士」の言葉に徴兵忌避のうしろめたさが影を落としているとしても、続く「国を防ぐ武士さ」の言葉のなかには、漱石に一貫して流れている、憂国・救国の主張が響いているように思う。

「こう見えても亡国の士だからな」と、確かに狂気めいた筆記を残していた漱石だが、しかし国を憂《うれ》う漱石を指して、狂人とみなす友人はいなかった。漱石の学習院就職に奔走した立花銑三郎も、「憂国の士を以って自ら任じ、人からも許された」（藤代素人「夏目君の片鱗」）人物だったが、その立花と漱石は、ロンドン停泊中の常陸丸の船室で熱く語り合っていた。その後藤代のもとに届いた立花の葉書には、「戦争で日本負けよと夏目云い」の句が書かれていたという。「倫敦辺に迂路《うろ》付《つ》いて居る、片々たる日本の軽薄才子の言動に嘔吐を催おして居た君［漱石］が、此奇矯の言を吐いた光景が目に見える様である」（同前）と、漱石をよく理解していた友は書いていた。

立花の句にあるような言説、国家の官吏で国費留学生たる人物が、決して口にしてはならない一言だっただろう。「戦争で日本負けよ」との漱石の発言は、おそらく「日本の軽薄才子」から当局の耳に届いたに違いない。留学期限の一ヶ月ほど前に、藤代素人（禎輔）のもとに「夏目ヲ保護シテ帰朝セラルベシ」（同前）の電報が届く。藤代と漱石はもともと共に帰国しようと乗船予約までしていたが、念のため問い合わせると漱石の方は取消《キャンセル》になっている。そこで藤代は心配してロンドンまで飛んでいくわけだが、漱石は気が触れて乗船の取消しをしていたわけではなかった。

「留学生としてはよくもこんなに買集めたと思う程書籍が多い。これを見捨てて他人に後始末を任せると云うことは僕にしても出来相《できそう》もない」（同前）と、藤代は帰国延期の意味を理解する。そして、「それに今日一日見た様子では別段心配する程のこともないらしい。此上無益の勧告を試みるでもないと僕は断念した」（同前）と、漱石発狂を否定、もちろん文部省の命令には従わず、漱石を残し一足先に帰った。

しかし「日本の将来と云う問題」を考え、「こう見えても亡国の士だからな」と言う漱石の動きは、国が送り込んだ留学生としては、やはり穏当を欠いていた。当局の耳目に触れていたなら、当然漱石の行動を窺う官憲の眼は厳しいものになっていたに違いない。

「徴行は一寸洒落て居るが、尾行は一向幅《はば》が利《き》かない。第一尾行抔《など》をするものは、三太云か探偵ばかりだからな。飼犬でさえ、時によると一足御先へ御免蒙《ごめんこうむ》って、まがり角で用をたすじゃないか」（「断片」）といった皮肉を吐き捨てるように書いているが、これが漱石が書くなかで、「探偵」の文字の初見ではないかと思う。この不愉快な監視生活が、「一寸気《ちょっとき》燄《えん》が吐き度《たく》なり候」の強気をもたらす要因にもなっていたが、強気ばかりでは終わらなかった。以後の漱石の神経を病的にまで痛めつける要因に、この探偵による「尾行」があったと思われる。

探偵恐怖症

鏡子夫人は、探偵恐怖症として精神に異常をきたしている漱石を語っている。「漱石の探偵嫌い」という指摘も多い。しかし多くはそこで止まっている。だが、漱石の探偵に関しての、むき出しの敵意、罵声は、単なる妄想とは思えず、またいっぽう尋常ではない。漱石自身が実際に身に受けていた事態と見るべきだろう。執筆内容の多くが実体験に基づくとされるなか、探偵に関するものだけが妄想とされるのは自然ではない。執拗な素行調査や尾行などが、鋭敏な詩人の神経をどれほど痛めつけていたか。若き日、自由民権運動にも携わった、政治的な子規との親交は、警察組織と関係する親兄弟の心配するところだったかもしれない。血気盛んな二十一歳で夏目家に復籍した翌年、漱石と子規は出会っていた。

江藤淳は、漱石の嫂《あによめ》登世の父について語るなかで、「孝畜と夏目小兵衛直克はおたがいに警視庁に出入りするうちに知り合うようになり、父親同士のあいだで話が纏ったという。明治二年に名主制度が廃止されて以来、直克は東京府庁に勤めていたから職務柄警視庁にときどき出かけたのは当然であり、神官だった孝畜が監督官庁に出入りしていたというのも不思議ではない」（『決定版　夏目漱石』）と書いている。また漱石の年譜にも、直克は明治十九年（一八八六）、あるいは十八年に「警視庁警視属をやめる」とあり、また長兄大一（大助）は警視庁で翻訳係をしていたことが記されている。この兄は、父退職の翌年に早逝するが、末弟金之助（漱石）の将来を非常に心配していたという。漱石の言動に過激さが加わる頃、身内に現役の警視庁関係者はいなかったが、組織の身内から、不穏な行動に走りそうな者が出れば、未然に防ごうとする警戒感は強かっただろう。あくまでも憶測だが、漱石はそうした懸念から、早くからその素行を監視される、不幸な身の上になっていたのではなかったか。

「漱石の探偵嫌いは、多くの人がいうようにその神経過敏または不安定のためということであろう」と、半藤一利も『漱石先生ぞな、もし』のなかで一般的な見解にいったん賛同する。しかし「その背景に、日露戦争後のポーツマス講和に反対し、日比谷を中心に民衆の暴動事件が起きた、これに対し政府は明治三十八年九月六日に戒厳令を布き、同時に言論取締りにかんする緊急勅令を公布した、という事実を想い描いてはいけないであろうか。警察権力の総元締である内務大臣の新聞雑誌発行停止権が復活し、『朝日新聞』は九月中にわずか十二日間しか新聞発行できなかったほどである」と、時代の空気を示唆的に書いている。漱石の探偵に対する発言を通して見えるものは、「この国を軍事大国として一層の発展をさせることを国策の第一」とする政府の方針、「国家存立のための戦争に向けて、強力に結集、動員してきた国民的エネルギーを、こんどは国家膨張の方向に転換、投入」しようとする権力者であり、「そのためにも、権威と権力による監視の支配体制を、否応なしに保持」(同前)せんとするために注がれる、言論の動向への厳しい監視の目である。「漱石の探偵嫌いの根底にこうした明治後期の社会状況があったとみている。決して個人的な内的状況のみにその因を求めようとは思わない」(同前)と、鋭い見解が示されている。

『猫』のなかの探偵

ロンドンからの帰国後に執筆した処女作『猫』には、探偵に触れる箇所が多出する。金田邸に忍び込む「吾輩」が、その言い訳をあれこれするなか、「――何探偵?――以《もっ》ての外《ほか》の事である」というところから始まる。

「凡《およ》そ世の中に何が賤《いや》しい家業《かぎょう》だと云って探偵と高利貸程下等な職はないと思っている」

（1/141）。
　また寝起きの悪い主人の様子を眺めながら、「袋戸《ふくろど》の腸《はらわた》」の伊藤博文をひとわたりけなした後、
「もし主人が警視庁の探偵であったら、人のものでも構わずに引っぺがすかも知れない。探偵と云うものには高等な教育を受けたものがないから事実を挙げる為には何でもする。あれは始末に行かないものだ」（1/419）
と、ここでは「警視庁の探偵」との明言もあり、結婚相手や企業の信用調査をする、いわゆる私立探偵ではなく、国家機構の一員としての探偵であることを明示している。
「聞くところによると彼等は羅織虚構《らしききよこう》［無実の罪を作り上げること］を以て良民を罪に陥《おとしい》れる事さえあるそうだ。良民が金を出して雇って置く者が、雇主を罪にする抔《など》ときては是《これ》亦《また》立派な気狂である」（1/419-20）
と、証拠の有る無しにお構いなく引き立ててゆく官憲、その作り上げる冤罪にもふれる。なんともきわどい政府批判をしているのである。
　さらに寒月君が結婚を済ませていながら、話のあった金田家に縁談を断っていなかったことに関して、苦沙弥先生の「断ったかい」の質問に、「なあに黙ってても沢山ですよ。今時分は探偵が十人も二十人もかかって一部始終残らず先方へ知れていますよ」（1/528）

と寒月君が答えると、「探偵と云う言語《ことば》を聞いた、主人は、急に苦《にが》い顔をして」、その後滔々と探偵についての大議論を始める。

「不用意の際に人の懐中を抜くのがスリで、不用意の際に人の胸中を釣るのが探偵だ。知らぬ間《ま》に雨戸をはずして人の所有品を偸《ぬす》むのが泥棒で、知らぬ間に口を滑《すべ》らして人の心を読むのが探偵だ。ダンビラ［刀］を畳の上へ刺《し》して無理に人の金銭を着服するのが強盗で、おどし文句をいやに並べて人の意志を強うるのが探偵だ。だから探偵と云う奴はスリ、泥棒、強盗の一族で到底《とうてい》人の風上《かざかみ》に置けるものではない。そんな奴の云う事を聞くと癖になる。決して負けるな」　（1/528-29）

書くにつれ、漱石の語気も怒りの感情も次第に強くなっていく。思い返しても腹立たしい、といったふうで、『猫』の「探偵」の文字は三十五ヶ所にのぼる。やはり、ロンドンでの自らの体験が踏まえられていなければ、ここまで執拗に書くことはなかったのではないか。

『猫』のところどころに刷り込まれた探偵批判、随所にちりばめられた探偵行為の実態は、滑稽な場面での軽妙な筆致により、一読、それほど強い印象を与えないのだが、まとめて読むと、漱石の意識が恐ろしいまでに明瞭に読み取れる。もちろん、それを小説の一技法と考えていた漱石、先の「羅織虚構」(「らしき虚構」)の当て字などにも、冷めた漱石の脳漿が感じられ、それは決して探偵恐怖症や妄想からのものではなかったと思う。

漱石の、この探偵への過敏さを、家族や門下生の多くは、「探偵恐怖症」といった妄想とし、精神的な病に起因するとの説明をするのだが、それでなければ、漱石が政府の危険視した人物であることを認めてしまうことになるので、あえて病の内に封じ込めようとしていた、とも思われる。最初の全集の刊行によって、文豪としての漱石像が国民的にもより確かなものになる昭和初期、その時代は、漱石が最も憂慮していた軍国主義への歩みが始まっていた。この時代背景は見落とせない。『草枕』に感動し漱石の門を敲いたという森田草平は、小宮豊隆と愛弟子の座を競い合ったと言われているが、思想的にはより漱石に近かったと思われる。その草平が「ただ直接先生に接していた十余年の間、その道徳的批判に於ていつも先生から威圧されるような、一種犯し難いものを感じた以外、私なぞに対する先生の言動には、一切微塵もそんな徴候［狂気の徴候］を認め得なかったということを断言し得るばかりである」(『夏目漱石』)と書いている。私はこの言葉を信じたい。

「勢《いきおい》探偵泥棒と同じく自覚心が強くならざるを得ない。二六時中キョトキョト、コソコソして墓に入るまで一刻の安心も得ないのは今の人の心だ。文明の咒詛《じゅそ》だ。馬鹿馬鹿しい」(『猫』、1/532)。

いかに漱石がこの事実に苦しみ、神経を傷つけられていたことか。探偵と泥棒を並べて語る調子の激しさは、この時代の雑記帳「断片」にも溢れていて、「起きて居るうちは無論の事寝て居る間も飯を食う間も落ちつく事なし。此故に探偵を犬と云う」との言葉も飛び出す。そして「天下の犬を退治」(「余の文章」)するのだと、戦う姿勢に転じる。その意気の最も燃え盛る頃に、じつは『草枕』は書かれていた。

『草枕』に見る探偵

美しい、俳画的な小説と形容される『草枕』、しかし、美麗な、詩的な前後の文章に相応しくない、そして唐突の感の拭えない一文が、ここでも飛び出す。しかも、画工が観海寺の山門を潜《くぐ》り、「気分が晴々《せいせい》した」直後のこと、静寂な禅寺の描写は一転、突如として俗界に立ち戻り、上品な読者なら、眉をしかめずにはいられないくだりが始まる。少し長いが、途中に筆を入れずに、一気に読んでみよう。

世の中はしつこい、毒々しい、こせこせした、其上《そのうえ》ずうずうしい、いやな奴《やつ》で埋《うずま》っている。元来何しに世の中へ面《つら》を曝《さら》して居るんだか、解《げ》しかねる奴さえいる。しかもそんな面《つら》に限って大きいものだ。浮世の風にあたる面積の多いのを以て、左《さ》も名誉の如く心得ている。五年も十年も人の臀《しり》に探偵《たんてい》をつけて、人のひる屁《へ》の勘定《かんじょう》をして、それが人世だと思ってる。そうして人の前へ出て来て、御前は屁《へ》をいくつ、ひった、いくつ、ひったと頼みもせぬ事を教える。前へ出て云うなら、それも参考にして、やらんでもないが、後《うし》ろの方から、御前は屁《へ》をいくつ、ひった、いくつ、ひったと云う。うるさいと云えば猶々《なおなお》云う。よせと云えば益《ますます》云う。分ったと云っても、屁《へ》をいくつ、ひった、ひったと云う。そうして夫《それ》が処世の方針だと云う。方針は人々《にんにん》勝手である。只ひったひったと云わずに黙って方針を立てるがいい。人の邪魔になる方針は差《さ》し控《ひか》えるのが礼儀だ。邪魔にならなければ方針が立たぬと云うなら、こっちも屁《へ》をひるのを以て、こっちの方針とする許《ばか》りだ。そうなったら日本も運の尽きだろう。

（3/151-52）

これは禅寺を訪れ、住持と茶を飲みながら会話を交わす前の画工（「余」）の独白《モノローグ》。閑適の詩人や自然、仙境を謳いあげ、非人情の世界を悠々自適に生きる姿で登場したはずの主人公だったが、ここに来て、突如後ろから押し飛ばされて舞台から転げ落ち、まるで漱石本人が駆け上がってきたような事態になる。明らかに画工の出る幕はなくなっていた。

このあと和尚の部屋に招かれ、「鉄瓶《てつびん》の口から烟《けむり》が盛《さかん》に出る。和尚《おしょう》は茶簞笥から茶器を取り出して、茶を注《つ》いでくれる」といった穏やかな情景が展開される。そして、「番茶を一つ御上《おあが》り。志保田の隠居さんの様な甘《うま》い茶じゃない」と、前に述べたように、ここで注意深い読者に「甘《うま》い茶」の「煎茶」を想起させるくだりを差し挟む。さて、茶を飲み交わし、清話が始まるべきところ、「あなたは、そうやって、方々あるく様に見受けるがやはり画《え》をかく為めかの」と問われて、話はまた、思わぬところに飛び火することになる。説明抜きの乱暴な答えでも達観した禅僧ゆえに許されると思ったか、「余」は、絵なぞ画かなくてもよい、と答えるのだが、「はあ、それじゃ遊び半分かの」と和尚に返されて、

「そうですね。そう云っても善《い》いでしょう。屁《へ》の勘定《かんじょう》をされるのが、いやですからね」

と、突飛な返答をして禅僧を驚かせる。

「屁の勘定た何かな」

「東京に永くいると屁の勘定をされますよ」

「どうして」

「ハハハハハ勘定だけならいいですが。人の屁を分析して、臀《しり》の穴が三角だの、四角だのって余計な事をやりますよ」

「はあ、やはり衛生の方かな」

「衛生じゃありません。探偵《たんてい》の方です」

「探偵？　成程、それじゃ警察じゃの。いったい警察の、巡査のて、何の役に立つかの。なけりゃならんかいの」

「そうですね、画工《えかき》には入《い》りませんね」（3/140）

『猫』や『坊っちゃん』に見られた滑稽さが蘇った、ではすまされないものが漂う。和尚が、自分に悪いところがなければ、屁ぐらい勘定されても動揺することはない、旅などせず修業を積めばよいと諭《さと》すと、「画工になり澄ませば、いつでもそうなれます」と答え、「それじゃ画工になり澄したらよかろ」と言われるのだが、またもや「屁の勘定をされちゃ、なり切れませんよ」ときっぱり言いきる。「画工になり澄ま」したくても、なり澄ませない漱石、時代に激昂する姿がここには示されている。ただ、『草枕』では、こうやって、美しい春の夜に、何等の方針も立てずに、あるいてるのは実際高尚だ。興来《きた》れば興来《きた》るを以て方針とする。興去れば興去るを以て方針とする。句を得れば、得た所に方針が立つ。得なければ、得ない所に方針が立つ。しかも誰の迷惑にもならない。是が真正の方針である。

と、一応本来の文章に立ち戻るのだが、やはり漱石の深層に巣くっている精神的外傷《トラウマ》は簡単には解消されない。

屁《へ》を勘定するのは人身攻撃の方針で、屁《へ》をひるのは正当防禦《ぼうぎょ》の方針で、こうやって観海寺の石段を登るのは随縁放曠《ずいえんほうこう》［縁に任せ自由に振る舞う］の方針である。（3/132）

と書き加えなければ気がおさまらないようである。

『草枕』でも、『猫』と同じように、「都会は太平の民《たみ》を乞食《こじき》と間違えて、掏摸《すり》の親分たる探偵に高い月俸を払う所である」といった、苦々しい気持ちをこめて書かれた「探偵」の文字は七ヶ所に及ぶ。「探偵に高い月俸」の文章の続きは、また『草枕』本来の、大自然の素晴らしさを語ることになり、自然は「人に因《よ》って取り扱をかえるような軽薄な態度はすこしも見せない。岩崎《いわさき》や三井《みつい》を眼中に置かぬものは、いくらでもいる。冷然として古《こ》今《こん》帝王の権威を風馬牛《ふうばぎゅう》［互いに全く関係のないこと］し得るものは自然のみであろう」と書かれている。漱石が政商の存在を作品の表面に示している以上、探偵の文字も、国家や権力の具体的存在として意識的に用いられていることは、言うまでもないだろう。

生涯にわたる執拗な探偵罵倒

その生涯にわたり、漱石自身が執拗に探偵や巡査にこだわっているだけに、私もこだわらざるを得ないのだが、『全集』中の「探偵」の文字を拾い上げると、その数は夥《おびただ》しい。それぞれの用例を取り上げれば立派な論文が仕上がるほど。探偵の語は、まじめな講演の中でも飛び出していた。明治四十年（一九〇七）、東京美術学校でのこと、作家は理想を抱き、作品でその理想を表現しなければならない、と語るところ、

「諸君は探偵と云うものを見て、歯《よわい》する［仲間として交遊する］に足る人間とは思わんでしょう。探偵だって家《うち》へ帰れば妻もあり、子もあり、隣近所の付合は人並にして居る。丸で道徳的観念に欠乏した動物ではない」（『文芸の哲学的基礎』）

と穏やかな滑り出しが、

「然《しか》しながら探偵が探偵として職務にかかったら、只事実をあげると云うより外《ほか》に彼等

の眼中には何もない」

といつもの調子に戻る。

彼らの職業の本分は「尤も下劣な意味において真を探ると申しても差支《さしつかえ》ないでしょう。それで彼等の職務にかかった有様を見ると、一人前の人間じゃありません。道徳もなければ美感もない。荘厳の理想抔《など》は固《もと》よりない」。

さらに、「探偵ができるのは、人間の理想の四分の三が全く欠亡《けつぼう》して、残る四分の一の尤も低度なものが無暗《むやみ》に働くからであります。かかる人間は人間としては無論通用しない」と全く歯に衣を着せない。

理想について語りはじめたと思いきや、再び、「人間でない器械としてなら、ある場合にあっては重宝でしょう。重宝だから、警視庁でも沢山使って、月給を出して飼って置きます」などと、講演を主催した者の胸中を凍らせるような発言が止まない。

ようやく、「現代の文学者をもって探偵に比するのははなはだ失礼でありますが、ただ真の一字を標榜《ひょうぼう》して、その他の理想はどうなっても構わない、と云う意味な作物を公然発表して得意になるならば、その作家は個人としては、いざ知らず、作家として陥欠《かんけつ》のある人間でなければなりません」と、なんとか本題に立ち戻る。

さらに、四十七歳の時、反国家的姿勢を明瞭にした、学習院大学での「私の個人主義」

し語っていた。

「たとえば私が何も不都合を働らかないのに、単に政府に気に入らないからと云って、警視総監《けいしそうかん》が巡査《じゅんさ》に私の家を取り巻かせたらどんなものでしょう。警視総監にそれだけの権力はあるかも知れないが、徳義はそういう権力の使用を彼に許さないのであります」（大正四年、『輔仁会雑誌』）と題する講演のなかでは、より直接的に、自らを前面に打ち出

漱石は後年、このように、国家に毅然と対峙する姿勢をとるようになるが、当初は、やはり強迫観念に捉えられ、その神経を痛めつけられる要因になっていた。その精神的外傷《トラウマ》は生涯消えることはなかったと見てよいだろう。死の床に就く二ヶ月前でも、なお「税務署員よりも、郵便局よりも、何が威張るって、巡査の様に威張るものはあるまい」（「文体の一長一短」）と書いている。国家の権威をかさに着て、直接民衆を威圧する官憲への目は厳しかった。それは漱石の向から先々に飛び交う五月蠅《うるさ》い存在でありつづけた。また理想的な国家の官憲のあるべき姿からは遠い現実に、漱石の心は痛みつづけていた。

楠木正成への関心から、探偵への罵詈まで、漱石の思想形成を駆け足で見てきた。それは、先に見た煎茶の歴史がにぐくんだ精神性と大きく交わるものであることをお分かりいただけただろうか。そしてそれは、『草枕』にどのように結実しているだろうか。とりわ

け小天での煎茶体験は、その精神的意義をも含めて、この作品に大きな影を投げかけているはずである。

Ⅳ 『草枕』の思想

1 方法から、時代から

『草枕』の諷喩

『草枕』について松岡譲《ゆずる》は、「和漢洋の一番美しいというものを一つにとかして、絵のようなといってても足りない、詩のようなといってても及ばない、ともかく詩味豊かな高貴な絵巻物に描き出したのがこの特異の傑作」「その格調の麗わしい文章に悦惚とならないものがあるであろうか」(「先生の諸作」)と絶賛している。松岡は漱石の長女の婿であり、義理の父に対しての発言だけに割引いて聞かねばならないが、多くの評者、読者もこうした美点を持つ作品として『草枕』を捉えている。

「和漢洋」のうち、とりわけ大きく幅をきかせるのは「漢」である。「世渡るすべのむつかし」さを語る『草枕』は、脱俗隠棲、大自然の懐に包まれ、悠々自適の生活を謳歌する「出世間的の詩味」の大切さを強調する。「桃源郷」への隠棲である。そうした思想開陳のなかで、「余」は、世間の詩人や詩書を紐解く者は皆、「西洋人にかぶれて居るから、わざわざ呑気な扁舟《へんしゅう》を泛《うか》べて此桃源《とうげん》に溯《さかのぼ》るものはない様だ」と、陶淵明を頭に描きながら慨嘆する。

この少し前には、いくら詩的と言っても、人事や金銭の感情から逃れることができない西洋の詩に比べ、東洋の詩は解脱《げだつ》しており、「超然と出世間的《しゅつせけんてき》に利害損得の汗を流し去った心持ちになれる」と、漢詩に肩入れして語っている。

このように『草枕』の世界では「漢」の「脱俗」ばかりが称揚されるのだが、それは額面どおりに受け取れるものではあるまい。淵明も王維も、出世間的に解脱していたわけではない。漱石はそのことを十二分に承知している。だからこそ、一つの諷喩的な言辞として、この作品を読むことができるのである。

『草枕』は、「独坐幽篁裏《ひとりゆうこうのうちにざし》、弾琴復長嘯《きんをだんじてまたちょうしょうす》、深林人不知《しんりんひとしらず》、明月来相照《めいげつきたりてあいてらす》」と、王維の「竹里館」の詩を紹介し、この二十文字のうちに、十分に現実を超えた別世界が建立されている、と強調している。

此《この》乾坤の功徳は「不如帰」や「金色夜叉」の功徳ではない。汽船、汽車、権利、義務、道徳、礼義で疲《つか》れ果《は》てた後《のち》、凡《すべ》てを忘却してぐっすりと寝込む様な功徳である。（3/10）

王維の詩の世界への誘《いざな》いに形を借りて、時代を風刺することは忘れていなかった。維新以後、定見もなく、一目散に西欧化、近代化に走る国家に、しばし熟慮のための休息を漱石は求めてもいた。だから、「二十世紀に睡眠が必要ならば、二十世紀に此《この》出世間的の詩味は大切である」と言っているのは本心だろう。

余は固《もと》より詩人を職業にして居らんから、王維や淵明の境界《きようがい》を今の世に布教《ふきよう》して広げようと云う心掛も何もない。只自分にはこう云う感興が演芸会よりも舞踏会よりも薬になる様に思われる。ファウストよりも、ハムレットよりも難有《ありがた》く考えられる。こうやって、只一人絵の具箱と三脚几《さんきやくき》を担いで春の山路をのそのそあるくのも全く之《これ》が為めである。淵明、王維の詩境を直接に自然から吸収して、すこしの間でも非人情の天地に逍遥したいからの願《ねがい》。一つの酔狂だ。

（3/10-11）

しかし、諧謔の「仮面」の裏、酔狂と自ら揶揄する身振りの背後で諷されているものを読み取ること、それをこの作品は求めている。王維のように厳しい政治批判、当路者の指弾をおこなえば、その社会的な身が危険に晒される明治の時代になっていた。

漱石は、「余」である画工の振る舞いや開陳する「非人情」の思想が「一つの酔狂」であって、その裏に潜む批判を読み取ることを忘れないように、と念を押す。

勿論《もちろん》人間の一分子《いちぶんし》だから、いくら好きでも、非人情はそう長く続く訳《わけ》には行かぬ。淵明だって年《ねん》が年中南山《ねんじゅうなんざん》を見詰めて居たのでもあるまいし、王維も好んで竹藪《たけやぶ》の中に蚊帳《かや》を釣らずに寐《ね》た男でもなかろう。矢張り余った菊は花屋へ売りこかして、生《は》えた筍《たけのこ》は八百屋《やおや》へ払い下げたものと思う。こう云う余も其通《そのとお》り。いくら雲雀と菜の花が気に入ったって、山のなかへ野宿する程《ほど》非人情が募《つの》っては居らん。

『草枕』には、「越す事のならぬ世が住みにくければ、住みにくい所をどれほどか、寛容《くつろげ》て、束《つか》の間《ま》の命を、束の間でも住みよくせねばならぬ。ここに詩人という天職《てんしょく》が出来て、ここに画家という使命が降《くだ》る。あらゆる芸術の士は人の世を長閑《のどか》にし、人の心を豊かにするが故《ゆえ》に尊《たっ》とい」と書かれていたが、その「天職」をより強く意識し、「使命」に従う決意を新たにするのは、まさしく『草枕』が書かれる、三十九歳から四十歳の頃で、漱石内面の疾風怒濤の時代でもあった。漱石が世に挑む姿勢を露わにする時でもあった。『草枕』は、熊本赴任中の体験をもとに、ほぼ十年後、作品となって現れる。

明治ノ三十九年ニハ過去ナシ

漱石は明治三十六年（一九〇三）一月にロンドンから帰国、四月に第一高等学校の講師、東京帝国大学講師に就く。翌年暮れ、『猫』が子規門下の文章会「山会」で虚子の朗読により発表され、明治三十八年に『ホトトギス』に連載される。その翌年、『草枕』が書かれた明治三十九年（一九〇六）は、漱石を理解する上からもきわめて重要な年と言える。『論語』の「四十而不惑《しじゅうにしてまどわず》」の文字が、その意識に深く刻まれていたはず。本書では、明治の年数と同じほうが分かりよいと思い、漱石については満年齢で記載しているが、この年漱石は数えで四十歳になっていた。「断片」に、興味深い書き込みがある。

「過去ヲ顧ミルハ (1)前途ニ望ナキ故ナリ (2)下リ坂ナルガ故ナリ (3)過去ニ理想アルガ故ナリ (4)エライ先例ガアル故ナリ」との前置きの下、

「明治ノ三十九年ニハ過去ナシ。単ニ過去ナキノミナラズ又現在ナシ。只未来アルノミ。青年ハ之ヲ知ラザル可カラズ」（19/238）

と、まさに「不惑」の年に相応しい、興味深い箇条書きである。また東大・一高の教職者としての責務を感じていたのか、

「現代ノ青年ニ理想ナシ。過去ニ理想無ク、現在ニ理想ナシ」

「自己ニ何等ノ理想ナクシテ是等〔父母、教師、先輩、紳士を指す〕ヲ軽蔑スルハ、堕落ナリ。現代ノ青年ハ滔々トシテ日ニ堕落シツツアルナリ」（19/239）と、後に『野分』の主人公白川道也《どうや》の演説にも現れるが、青年に向けての厳しい言葉も綴られていた。

しかし、何よりも熱のこもっているのは、「現代政治」への批判である。明治維新以後四十年間の時代を振り返り、以前ならば大臣がどんな我儘でも思い通りになり、岩崎の勢いならば何でも意の儘になっていた、だから今日でも大臣や岩崎ならば、何事も自由になると思っている。つまり「彼等は自己ノ顔ヲ毎日鏡ニ照ラシテ知ラヌ間に容色ノ衰ウルヲ自覚セヌ愚人ト同ジク。先例ヲ以テ未来ヲ計ラントス　愚モ亦甚《はなはだ》シ」（19/240）い者たちだと。

「先例ヲ以テ」の先例はいったい何を指すのか。それは次の言葉で明らかである。「モシ真ニ偉人アッテ明治ノ英雄ト云ワルベキ者アラバ是カラ出ヅベキナリ。之ヲ知ラズシテ四十年ヲ維新ノ業ヲ大成シタル時日ト考エテ吾コソ功臣ナリ模範ナリ抔云ワバ馬鹿ト自惚ト狂気トヲカネタル病人ナリ。四十年ノ今日迄ニ、模範トナルベキ者ハ一人モナシ。吾人ハ汝等ヲ模範トスル様ナケチナ人間ニアラズ」。

一つの理想の達成としての「維新」が念頭に置かれている。維新は終結であり、今は新しい理想に向かって進むべき時と、明治新政府の維新後の成果を全否定するような口吻《こうふん》である。

一気呵成に書かれたものか、一年を通じ激情の波に任せて書かれたものか、とにかくこの一年間に書かれた「断片」の内容は、まさに裸の漱石の思想が乱舞している感がある。この年、明治大学に辞表を提出。翌年には朝日新聞社入社を決意、東京帝国大学と第一高等学校に辞表を提出するのだが、この時既に、

「今迄ハ外界ノ境遇ガ自己ノ生活ヲ存在スル様ニウマク出来テ居タカラ生キタノデアル。是カラサキ周囲ノ状況ハドノ位変化スルカワカラナイ」

と、予言的な言葉も書いていた。予言と言えば、

「戦争ヲやメロ、戦争ヲシテモ貴様ハ勝テッコナイト教エテやッテモ、到底承知スルモノデハナイ。矢張リ仕舞迄やッテ見テ、アア詰マラナイ、トウトウ駄目デアッタト落胆サセテ、自覚スル迄ヤラセルヨリ外ニ道ハナイノデアル」

ともこの年の「断片」にあり、この勧告は、漱石亡き後の、昭和に至る歴史を思う時、その的中に驚かざるを得ない。

『草枕』執筆の時代背景

『草枕』は、こうした漱石の心理状況のなかで生まれている。前年の十二月に、反戦的内容を露わにした『趣味の遺伝』を脱稿、同じ年の四月には一転滑稽を表面の『坊っちゃん』、五月には短編小説集『漾虚集《ようきよしゆう》』(「倫敦塔」「カーライル博物館」「幻影の盾」「琴のそら音」「一夜」「薤露行《かいろこう》」「趣味の遺伝」の七編が収められる)が刊行されている。そして九月に『草枕』、十月には『二百十日』、さらに翌年一月には『野分』と執筆が続いていた。『趣味の遺伝』から『野分』に至る三年間、まさに漱石の内面は疾風怒濤の嵐が吹き荒れていた。『猫』が大評判をとり、流行作家として躍り出た漱石は、さらに『坊っちゃん』によって滑稽作家、風刺作家の地位を確立、国民的人気作家として、その影響力にも大きさを増していた。「趣味教育者としての文人の任務は、今日に於いて特に重大なるものがあるのである」(『家庭文芸』)との自覚も増す。しかし、その前に立ち塞がる壁は巨大だった。「頭の上では二百十一日の阿蘇が轟々《ごうごう》と百年の不平を限りなき碧空《へきくう》に吐き出している」(『二百十日』)毎日でもあった。

『草枕』執筆の年の新年早々、「僕大学をやめて江南の処士になりたい。大学は学者中の貴族だね。何だか気に喰わん」(22/453)と、親友菅虎雄宛の書簡に認《したた》め、国家に関与する官学の教員としての自分に対し、心穏やかでない姿を露わにしている。陸羽も「江南の処士」と呼ばれた一人。東京帝国大学と第一高等学校に「講師解職願」を出したのは翌《あく》る明治四十年（一九〇七）の三月二十五日、その二日後、漱石の著書の装幀で知られる橋口五葉（一八八一―一九二一）に宛てた書簡には、「王維の「日落江湖白《ひおちてこうこしろく》　潮来天地青《うしおきたっててんちあおし》」如何《いかが》かと存候。然し十字にて足らぬならば是非なく候。「石蘭斜点筆《せきらんななめにふでをてんじ》　桐葉坐題詩《とうようざしてしをだいす》」もよろしかるべくか」と書かれていた。五葉が漱石に贈るインキ壺に、何か文字を篆刻したいとの相談を受け、それに答えたもの。おそらくすぐさま頭に浮かんだ詩句だったに違いない。これは「邢桂州《けい》を送る」と題される王維の送別詩。漱石の思い入れの深い詩人の一人である。

　後半の「石蘭［欄］斜点筆　桐葉坐題詩」の詩句は、私も諳《そら》んじているほどの、杜甫の数少ない詠茶詩の一句である。「重ねて何氏《かし》に過《すご》す五首」の三首目で、「落日平台《へいだい》の上、春風茗《めい》を啜る時。石蘭斜めに筆を点じ、桐葉坐して詩を題す……」というもの。名庭で知られる何将軍の別荘に招待され、「夕陽のあたる露台《バルコニー》で、春風に吹かれ茶を飲む」といった点景の並びに、石の欄干に置かれた硯に筆を斜めに下ろし、桐の葉に坐ったまま詩を書く、とまさに文雅な茶の一時《ひととき》が詠われている。唐代の詩人たちの間で、喫茶行為そのものが、脱俗隠棲を意味することを、漱石は十分に承知していたわけである。愛用する筆立に刻ませる詩文だけに、一文字一文字の選びに、漱石の内面を窺い知るに十分な、深い心の配りが感じられる。王維の詩も、「日落江湖白」で始まるが、実は杜甫の詩も、その第一句は

「落日平台上」とあり、共に夕日の沈む様を詠うところから始まる。大学を辞職する思いに重ねたのか、「落日」「日落」という言葉に拘《こだわ》るものがあったに違いない。

『坊っちゃん』から『野分』に至る作品は、「近々人間を辞職して冥土へ転居しようと思う」（森田宛書簡）といった弱音と、「天下の犬を退治」せん、との強気の間を揺れ動くなかで生まれていた。「近頃は世の中に住んで居るのが夢の中に住んでいる様な気がする。どこを見ても真面目なものが一つもない」（皆川正禧宛）との憤りのなか、「此儘ずるずるに辞職したい。草枕画工見た様になって一ヵ月ばかり遊びたい」（畔柳都太郎宛）と、陶淵明さながら大学の退職も念頭に置きながら、それでも「維新の当時勤王家が困苦をなめた」その困苦を覚悟のうえで文学をしていきたい、世に訴えていきたいという必死の思いで作品は書き続けられていたのである。そこには、

「文学は人生其物《そのもの》である。苦痛にあれ、困窮にあれ、窮愁《きゅうしゅう》にあれ、凡《およ》そ人生の行路にあたるものは即ち文学で、それ等を嘗《な》め得たものが文学者である」（『野分』）

という考えが確固としたものになって下支えしていた。真の文学者は、

「円熟して深厚な趣味を体して、人間の万事を臆面《おくめん》なく取り捌《さば》いたり、感得したりする普通以上の吾々を指《さ》すのであります」（同前）

とも主張する。現実を直視することの大切さを強調、他の学問が、研究を妨害されるもの

は避けて「次第に人世に遠《とおざ》かるに引き易《か》えて文学者は進んで此障害のなかに飛び込むのでありますとも説いていた。問題は「人世」だった。

2 『趣味の遺伝』の戦争

『趣味の遺伝』の戦争

『草枕』の最終章はこの文脈の中で読み直してみる必要がある。私が『草枕』再読の折、最も大きな衝撃を受けたところでもある。それは、那美の従兄弟「久一さん」が戦場に出征、それを主人公の画工が皆と一緒に「ステーション」まで見送る最後の場面である。

漱石はその前年に、日露戦争の戦場を描く小説を先に書いていた。『趣味の遺伝』である。奇妙な題名を持つこの小説のなかで漱石は、「久一さん」が向かう戦場の惨状を、執拗な筆致で描いている。厭戦の程度を超えて反戦的なものと言ってよい。

明治三十八年(一九〇五)九月、悲惨な戦況の事実を知らされず、戦勝に酔っていた国民は、日露戦後のポーツマス講和条約に強い不満を抱き、『猫』にも書かれているように、日比谷焼き打ち事件などの暴動を起こす。徳富蘇峰創刊の『国民新聞』社が暴徒に襲われたのもこの時である。政府は、ただちに、「当該地域の行政権、司法権の全部または一部は軍司令官によって行われ、国民の権利は制限」される初の戒厳令を東京市内に布告する。新聞雑誌の発行停止も行われた。そうした時代背景のなかで、この『趣味の遺伝』は、「筆誅を下す」意志のもとでの挑戦的とも言える作品だった。

恋する女性を残して戦場に散った「浩さん」を中心に話が進められるが、それはまさに『草枕』の作品のあとの時間を前もって書いているかのよう、「久一さん」がこれから向かう戦場の様子とその後を描くものだった。この『趣味の遺伝』は、漱石の生涯の帰趨に強くかかわっていたのではないかと思うのだが、正面から取り上げる人は少ない。『草枕』のペンを走らせていた頃、漱石は「作者は非常に苦心して練って書いても、批評家や読者は之を無造作に読んで了って別に心も留めぬ」(「文学断片」)と、耳を傾けるべき嘆声を漏らしていた。

日本海海戦で世界屈指の海軍力を誇ったバルチック艦隊を破り、先にも述べたように、日本は国を挙げての戦勝ムードに沸き返っていた。しかし漱石は、この作品をこんなふうに始める。

陽気の所為《せい》で神も気違になる。「人を屠《ほふ》りて餓えたる犬を救え」と雲の裡《うち》より叫ぶ声が、逆《さか》しまに日本海を撼《うご》かして満洲の果迄《はて》響き渡った時、日人と露人ははっと応えて百里に余る一大屠場を朔北の野に開いた。すると渺々たる平原の尽くる下より、眼にあまる獒狗《ごうく》の群が、腥《なまぐさ》き風を横に截り縦に裂いて、四つ足の銃丸を一度に打ち出した様に飛んで来た。狂える神が小躍《こおど》りして「血を啜《すす》れ」と云うを合図に、ぺらぺらと吐く焰《ほのお》の舌は暗き大地を照らして咽喉《のど》を越す血潮の湧《わ》き返る音が聞えた。今度は黒雲の端《はじ》を踏み鳴らして「肉を食《くら》え」と神が号《さけ》ぶと「肉を食え！　肉を食え！」と犬共も一度に咆《ほ》え立てる。やがてめりめりと腕を食い切る、深い口をあけて耳の根まで胴にかぶり付く、一つの脛《すね》を啣《くわ》えて左右から引き合う。（2/185）

主人公「余」は、こんなふうに「例の通り空想に耽りながら」、凱旋将軍を迎える新橋駅にやって来る。親友の「浩《こう》さん［浩一］」は戦死しており復員してこないことを知っているので、もともとここに来たのは別な用件での待ち合わせだが、待ち人は来ないので、ついでに「凱旋」を見物しようと考える。「西洋人ですらくる位なら帝国臣民たる吾輩は無論歓迎しなくてはならん、万歳の一つ位は義務にも申して行こうと漸《よう》くの事で行列の中へ割り込」んで待っている。しかし、いざ将軍と兵隊たちがやって来ると、「万歳を唱えては悪《わ》るいと云う主義で」はなかったが、「余の左右に並んだ同勢は一度に万―歳! と叫」ぶのだが、余は「小石で気管を塞がれた様でどうしても万歳が咽喉《のど》笛《ぶえ》へこびり付いたぎり動かない。どんなに奮発しても出て呉れない」という事態になる。しかし、気を取り直し、今度こそは万歳を叫ぼうと決意した時、

将軍の日に焦《こ》げた色が見えた。将軍の髯の胡麻塩《ごましお》なのが見えた。其瞬間に出しかけた万歳がぴたりと中止して仕舞った。何故《なぜ》?

〔中略〕万歳がとまると共に胸の中《うち》に名状しがたい波動が込み上げて来て、両眼から二雫《ふたしずく》ばかり涙が落ちた。(2/190)

「余」は、凱旋将軍に相応しい凛々しい姿とは異なる現実を目の当《まあ》たりにした。「戦《いくさ》は人を殺すか左《さ》なくば人を老いしむるものである。将軍は頗《すこぶ》る瘠《や》せて居た」。

戦争はまのあたりに見えぬけれど戦争の結果――慥《たし》かに結果の一片《いっぺん》、然も活動する結果の一片が眸底《ぼうてい》〔瞳の奥〕を掠《かす》めて去った時に、此一片に誘われて満洲の大野《たいや》を蔽《おお》う大戦争の光景がありありと脳裏に描出《びょうしゅつ》せられた。(2/191)

「此一片」とは、「頗《すこぶ》る瘠《や》せて」帰還した将軍を指す。その将軍を目の前にして、戦場の光景と戦場を遠く隔たった社会の懸隔に思いを馳せる。政府が謳い上げる輝ける戦果に隠された凄惨な戦争の実態が、正岡子規のように従軍記者として戦地に赴いて実見したわけではなかったが、「ありありと脳裏に描出せられ」、そしてこの作品でこの後、先の象徴的な「空想」とは違う仕方で「詩的に想像して」文字に定着されている。

続いて「将軍と共に汽車を下りた兵士が三々五々隊を組んで場内から出てくる」のを眺めるや、「余」の思いは戦争の実態へとさらに逼《せま》っていく。

いずれもあらん限りの髯を生やして、出来る丈色を黒くして居る。これらも戦争の片《かた》破《わ》れである。大和魂《やまとだましい》を鋳固《いかた》めた製作品である。実業家も入《い》らぬ、新聞屋も入らぬ、芸《げい》妓《しゃ》も入らぬ、余の如く書物と睨《にら》めくらをして居るものは無論入らぬ。ただこの髯茫々《ひげぼうぼう》として、むさくるしき事乞食《こつじき》を去る遠からざる紀念物のみはなくて叶《かな》わぬ。(2/196)

諧謔を交えるものの、それは戦争の愚かしさを慨嘆する以外の何物でもなかった。この哀れな兵士は、修行を終えた釈迦が山を下りた時の様子に喩えられる。「胸のあたりは北風の吹き抜けで、肋骨《ろっこつ》の枚数は自由に読める位だ。此釈迦《しゃか》が尊《たっと》ければ此兵士も尊《たっ》といと云わねばならぬ」と、同情と悲憤の思いを苦いユーモアが包む。

煎茶の源流に立つ盧仝は、「病める軍人に逢う」の詩を残している。それは、行軍中に病に倒れ、食料も尽きた兵士の姿を詠むもので、「万里郷に還《かえ》らんとするも未だ郷に到らず、蓬鬢《ほうびん》［ほつれ乱れた耳ぎわの髪］哀《かな》しく吟ず古城の下、堪えず秋気の金瘡《きんそう》［刀傷］に入るを」（『唐詩選』巻三八九）と詠う。新橋の凱旋将軍は、まさにこの詩に登場するような「蓬鬢」姿でもあった。

詩的に想像された戦場

しかし「肋骨の枚数は自由に読める位」に痩せ衰えていても、生還できたのは奇跡に近かった。「浩さん！ 浩さんは去年の十一月旅順で戦死した」。塹壕戦である。

散兵壕から飛び出した兵士の数は幾百か知らぬ。蟻の穴を蹴返した如くに散り散りに乱れて前面の傾斜を攀《よ》じ登る。見渡す山腹は敵の敷いた鉄条網で足を容《い》るる余地もない。所を梯子を担い土嚢を背負って区々《まちまち》に通り抜ける。工兵の切り開いた二間《けん》に足らぬ路は、先を争う者の為めに奪われて、後より詰めかくる人の勢に波を打つ。こちらから眺めると只一筋の黒い河が山を裂いて流れる様に見える。其黒い中に敵の弾丸は容赦なく落ちかかって凡《すべ》てが消え失せたと思う位烟が立ち揚る。［中略］あとには依然として黒い者が簇然《そうぜん》と蠢いている。［中略］鍬の先に掘り崩された蟻群《ぎぐん》の一匹の如く蠢いている。［中略］大いなる山、大いなる空、千里を馳《か》け抜ける野分《のわき》、八方を包む烟り、鋳鉄《ちゅうてつ》［大砲］の咽喉《のんど》から吼《ほ》えて飛ぶ丸《たま》――是等の前には如何なる偉人も偉人としては認められぬ。俵に詰めた大豆《だいず》の一粒の如く無意味に見える。（2/199-200）

戦場ではもはや個性は全く無視されている。『草枕』は、戦場に向かう久一が汽車に乗り込んだ時、こう語る。「車輪が一つ廻れば久一さんはすでに吾らが世の人ではない。遠い、遠い世界へ行ってしまう」。その遠い世界が、『趣味の遺伝』ですでに、強いリアリティをもって描かれていた。

臨場感溢れる描写は、さらに微細になっていく。「黒くむらがる者は丸《たま》を浴びる度にぱっと消える」、そして消えたり動いたりして全体はだんだんと敵塁に近づく。敵塁の前には塹壕がある。その壕に黒い塊は梯子や土塁をもって飛び込む。けれども、そこからは五秒たっても十秒たっても、二十、三十秒たっても誰も、わが「浩さん」も、出てこない。

塹壕《ざんごう》に飛び込んだ者は向《むこう》へ渡す為に飛び込んだのではない。死ぬ為に飛び込んだのである。彼等の足が壕底《ごうてい》に着くや否《いな》や穹窖《きゅうこう》より覘《ねらい》を定めて打ち出す機関砲は、杖《つえ》を引いて竹垣の側面を走らす時の音がして瞬《またた》く間《ま》に彼等を射殺した。殺されたものが這い上がれるはずがない。　（2/203-04）

塹壕に倒れたものの惨《みじ》めな姿、手足が利かず、目が見えず、胴に穴が開き、血が通わず、脳味噌が潰れ、肩が飛んで、塹壕から這い上がれない様子がさらに綴られてゆく。一度《ひとたび》塹壕に倒れ込んだものは、

寒い日が旅順の海に落ちて、寒い霜《しも》が旅順の山に降っても上がる事は出来ん。ステッセル［ロシアの将軍］が開城して二十の砲砦《ほうさい》が悉《ことごと》く日本の手に帰しても上る事は出来ん。日露の講和が成就して乃木将軍が目出度く凱旋《がいせん》しても上がる事は出来ん。百年三万六千日乾坤《けんこん》を提《ひっさ》げて迎《むかえ》に来ても上がる事は遂に出来ぬ。是が此塹壕に飛び込んだもののの運命である。［中略］蠢々《しゅんしゅん》として御《お》玉杓子《たまじゃくし》の如く動いて居たものは突然と此底のない坑《あな》のうちに落ちて、浮世の表面から闇《やみ》の裡《うち》に消えて仕舞った。旗を振ろうが振るまいが、人の目につこうがつくまいが斯《こ》うなって見ると変りはない。　（2/204）

権力の意志で引き起こされる戦争によって、個人の運命が、いかに泡沫の如き扱いを受け、凄惨な結末を迎えるものであるかが書きとられている。記録映画を見ていたわけでもないだろうが、漱石は、従軍記者を務めていたかのように、戦争の悲惨な状況を具《つぶさ》に描いていた。

この後『趣味の遺伝』は、そのタイトルが表面上はそこから来ている、「余」の「趣味は遺伝する」という仮説を立証することになる。「浩さん」と恋仲であったらしい女性の存在に気づいた「余」は、上記の仮説を立て、「浩さん」と彼女の家の何代か前に、同様のカップルがあったに違いないとの考えのもとに彼女を探す。「浩さん」の恋人は探し当てられ、仮説は立証され、お話は円満に終わる。前半とはまるで違う印象の世界が接ぎ木されているわけである。

3 『草枕』の思想

『草枕』の終章に見る現実

『草枕』の最終章、一行は川舟で久一を吉田の停車場まで見送る。春ののどかな風景のなかを下って来ると、

舟は漸《よう》やく町らしいなかへ這入《はい》る。腰障子に御肴《おさかな》と書いた居酒屋が見える。古風な縄《なわ》暖簾《のれん》が見える。材木の置場《おきば》が見える。人力車の音さえ時々聞える。乙鳥《つばくろ》がちちと腹を返して飛ぶ。家鴨《あひる》ががあがあ鳴く。（3/167）

これから向から戦場とは対照的な、平和な農村の姿が描かれる。まさに陶淵明的な田園風景。しかし、舟を下りて一行が停車場に向かうと、ここから描写は一転する。

愈《いよいよ》現実世界へ引きずり出された。汽車の見える所を現実世界と云う。汽車程二十世紀の文明を代表するものはあるまい。何百と云う人間を同じ箱へ詰めて轟《ごう》と通る。情《なさ》け容赦《ようしゃ》はない。詰め込まれた人間は皆同程度の速力で、同一の停車場《ステーション》へとまって、そうして同様に蒸汽《じょうき》の恩沢《おんたく》に浴《よく》さねばならぬ。（3/167）

これは単に、文明の利器としての、新しい交通手段を利用する者たちの現状を、漱石流

の滑稽味を加えてものした情景描写ではない。潜《ひそ》められている「国家」の文字を付け加え、読み直してみるとよく分かる。

『猫』に関して、和辻哲郎が「全生涯中最も道義的痼癪の猛烈であった時代」「不正に対する火のような憤怒」の時期に書かれたと言っていたことを前に紹介したが、その『猫』の断続連載の終了するのが明治三十九年（一九〇六）の八月だった。それより先、四月に『坊っちゃん』を完了、その九日後から『草枕』に着手、九月には『新小説』に発表されるという、一気呵成の連作である。『猫』も『坊っちゃん』も、そして『草枕』も、「最も道義的痼癪の猛烈」な時期に書かれたものであった。

重ねて和辻哲郎の言葉を借りれば、「徳義的背景を持った人間に対する溢れるような同情」が、この時の漱石の胸を突き上げ、その突き上げて来るものを、漱石は『草枕』の終章になって爆発、噴出させている。

人は汽車へ乗ると云う。余は積み込まれると云う。人は汽車で行くと云う。余は運搬《うんぱん》されると云う。汽車程《ほど》個性を軽蔑《けいべつ》したものはない。文明はあらゆる限《かぎ》りの手段をつくして、個性を発達せしめたる後、あらゆる限りの方法によって此《この》個性を踏み付け様《よう》とする。（3/167）

この個性に関して、一年前漱石は、まだ希望的な内容を記していた。「現代ハパーソナリチーの出来ル丈膨張する世なり。而して自由の世なり。自由は己れ一人自由ト云ウ意ナラズ。人々が自由ト云ウ意ナリ。人々が自己ノパーソナリチーを出来得る限り主張スルト云う意ナリ」(「断片」)と。「自由」や「教育」といったものを語るなか、漱石はいつも自由や個性について、繰り返し熱く語っていた。『坊っちゃん』にも、個性を持つ個々の人間の尊厳について、「無位無冠でも一人前の独立した人間だ。独立した人間が頭を下げるのは百万両より尊《たつ》とい」との言葉がある。「百万両」よりも尊い人間の個性を踏みにじる、その信念が覆されようとする事態が、今まさに目の前に迫っている。悲壮感が漱石にはあった。

一人前《ひとりまえ》何坪何合かの地面を与えて、この地面のうちでは寐《ね》るとも起きるとも勝手にせよと云うのが現今の文明である。同時に此何坪何合の周囲に鉄柵を設けて、これよりさきへは一歩も出てはならぬぞと威嚇《おど》かすのが現今の文明である。何坪何合のうちで自由を擅《ほしいまま》にしたものが、此鉄柵外にも自由を擅《ほしいまま》にしたくなるのは自然の勢《いきおい》である。(3/167-68)

詩的な世界を語ってきた『草枕』が、現実社会の状況をつぶさに伝える現地報告、報道めいたものになっている。ここでも直截《ちょくせつ》簡明な言葉を避け、「文明」といった表現を選んでいるが、「国家」の文字は誰の頭にもすぐ浮かぶ。

憐《あわれ》むべき文明の国民は日夜に此鉄柵に嚙《か》みついて咆哮《ほうこう》して居る。文明は個人に自由を与えて虎《とら》の如く猛《たけ》からしめたる後、之《これ》を檻穽《かんせい》［檻《おり》と落とし穴］の内に投げ込んで、天下の平和を維持しつつある。此平和は真の平和ではない。動物園の虎が見物人を睨《にら》めて、寐転《ねころ》んで居ると同様な平和である。檻《おり》の鉄棒《てつぼう》が一本でも抜けたら――世は滅茶滅茶《めちゃめちゃ》になる。第二の仏蘭西革命は此時に起るのであろう。（3/168）

「虎《とら》の如く猛《たけ》からしめたる後」とは何を意味するのか。軍事訓練、軍隊の編制を意味するとすれば、明らかにこれは政治風刺を越えて、直接の政治批判以外の何物でもない。明治三十六年（一九〇三）、大日本帝国陸軍の連隊区の一つ、先に出て来た麻布連隊区は、第一師管の第一旅管に属し拡充が図られていた。漱石が英国留学から帰国した年になる。この「麻布の連隊」は『坊っちゃん』にも顔を出していた。国家の組織として肥大化する軍隊に、強い危機感を抱いていたに違いない。

革命の危機

　ロンドンで「日本の将来と云う問題がしきりに頭の中に起る」と、憂国の思いに悶々としていた、その延長線上の漱石の目前に、個人の自由が抹殺され、軍備拡張に突き進む国家の現実があった。それだけに、言葉は激したものになっていく。「第二の仏蘭西革命は此時に起るのであろう」と、世界史上代表的な市民革命までをも、「あらゆる芸術の士は人の世を長閑《のどか》にし、人の心を豊かにするが故《ゆえ》に尊《たっ》とい」として登場させていたはずの画工の口に上《のぼ》させている。もはや「山路を登りながら」考える余裕をなくし、いたたまれずに警鐘を打ち鳴らす画工（その背後の漱石）がいる。

　漱石は他書でも、「仏蘭西革命」「仏国革命」に触れている。大学時代の講義を纏めた『文学論』は明治四十年（一九〇七）に脱稿するのだが、『草枕』の執筆と、いわば同時進行的に進んでいたとみてよい。それだけに、『文学論』に述べられている、フランス革命に関する箇所にも目が留まる。そこには、「仏国革命の如き大狂瀾《きょうらん》の、集合意識を冒《おか》して、自由、平等、四海同胞の観念が一般民衆の意識界の頂点に高く旛旗《ばんき》をかかぐる時」と、民衆の意識という本質的な部分を確かな目で捉えている。さらに「仏国革命は社会の基礎を根本より転覆して、平和の民を殺戮《さつりく》の血に盤旋《ばんせん》［さ迷う］せしめたるもの」と、観念的な内容だけではなく、現実が引き起こす悲惨な状況にも言及している。そして「有史以来斯《かく》の如きの反動は人の未だ知らざる所なるべし。然れども是実現的の反動に過ぎず」と、漱石の、歴史家としての眼が光を増し、冷静な分析が下される。「苦悶不平の流を内面的に遡《さかのぼ》るときは、其淵源の遠き、蓋《けだ》し意外に出づるものあらん。彼等は五十年前既《すで》に貴族の面上に無形の唾《つば》を吐き、三十年前権貴の背を心中に打ち、十年前脳裏の断頭台に王者の首を刎《は》ねたるやも知る可からず」と断じた。歴史家漱石は、「実現的の反動」以前に、必然的な流れとして、早くにその兆しの芽生えていることを指摘する。

画工は、もはや「どこへ越しても住みにくいと悟《さと》った時、詩が生れて、画《え》が出来る」とか、「霊台方寸《れいだいほうすん》のカメラ［自分の心］に澆季溷濁《ぎょうきこんだく》［汚れた末世］の俗界を清くうららかに収め得《う》れば足《た》る」といった、冒頭の悠然とした次元に腰を据えておられず、最終章を綴る漱石はもはや思想家に変じている。

個人の革命は今既に日夜《にちや》に起りつつある。北欧の偉人イブセンは此革命の起るべき状態に就て具《つぶ》さに其例証を吾人《ごじん》に与えた。余は汽車の猛烈に、見界《みさかい》なく、凡ての人を貨物同様に心得て走る様《さま》を見る度に、客車のうちに閉《と》じ籠《こ》められたる個人と、個人の個

性に寸毫《すんごう》の注意をだに払わざる此鉄車《てつしゃ》とを比較して、――あぶない、あぶない。気を付けなければあぶないと思う。（3/168）

この「あぶない、あぶない」は、走る電車や車両の傍に近寄る危険、親が子供に言うような「あぶない、あぶない」とは明らかに違っている。ノルウェーの劇作家イプセン（一八二八―一九〇六）の名が、「北欧の偉人」との肩書き付きで出てくるが、漱石が晩年まで、この女性解放運動に大きな影響を与えたイプセンに強い関心を寄せていたことを、ここでは指摘するにとどめ、『草枕』の続きを読んでいこう。

現代の文明は此あぶないで鼻を衝《つ》かれる位《くらい》充満している。おさき真闇《まっくら》に盲動《もうどう》する汽車はあぶない標本の一つである。

「おさき真闇《まっくら》に盲動《もうどう》する」のは、漱石の眼に映っていた日本国家だろう。それは、すでに英文学を学びに行った英国で、英文学よりも焦眉の課題としてとらえられた「日本の将来と云う問題」の現実態である。

人情に煩わされることのない「非人情」の、美しい桃源郷を描いた小説と評される『草枕』だが、終章に来て、一転して暗く、厳しい、寒々とした現実世界に読者を引き込む。権力の意志によって、一人の国民の運命、「一人前の独立した人間」の尊厳が軽んじられ、やすやすと塹壕の中に打ち捨てられてしまう恐ろしさが示される。

「憐れ」の完成

号鈴《ベル》が鳴り、一行はプラットフォームに出る。「愈御別《いよいよおわ》かれか」と老人は言い、「それでは御機嫌よう」と久一は頭を下げる。「死んで御出で」と那美が二度目の言葉をかけ、「荷物は来たかい」と兄が聞き、久一は汽車に乗った。

車輪が一つ廻れば久一さんは既に吾等が世の人ではない。遠い、遠い世界へ行って仕舞う。その世界では烟硝《えんしょう》の臭《にお》いの中で、人が働いて居る。そうして赤いものに滑《すべ》って、無暗《むやみ》に転《ころ》ぶ。空では大きな音がどどんどどんと云う。これからそう云う所へ行く久一さんは車のなかに立って無言の儘《まま》、吾々を眺《なが》めている。吾々を山の中から引き出した久一さんと、引き出された吾々の因果はここで切れる。もう既に切れかかって居る。車の戸と窓があいて居る丈《だけ》で、御互《おたがい》の顔が見える丈で、行く人と留まる人の間が六尺許《ばか》り隔《へだた》って居る丈で、因果はもう切れかかっている。

（3/170）

ほんの短いくだりだが、漱石は、戦争がつねに生む、その悲惨、残酷、無惨さをしっかりと書き留めていた。「赤いものに滑って、無暗に転ぶ。空では大きな音がどんどどんと云う」。この表現のなかにこそ、まさに、人情から超然として、それに煩わされない意味での「非人情」の世界とは異なる、さらにもう一面の、残酷無比という意味での「非人情」の極致を漱石は示そうとしていたような気がする。

このあと、『草枕』の全篇を結ぶ有名な終末が来る。ここは漱石の用心深い巧みさと感心させられるのだが、「久一さんの顔が小さくなって、最後の三等列車が、余の前を通るとき、窓の中から、又一つ顔が出た」ともう一人の人物を用意する。

> 茶色のはげた中折帽の下から、髯《ひげ》だらけな野武士が名残《なご》り惜気《おしげ》に首を出した。そのとき、那美さんと野武士は思わず顔を見合《みあわ》せた。鉄車《てつしゃ》はごとりごとりと運転する。野武士の顔はすぐ消えた。　(3/171)

つまり、結末として描かれる那美の最後の表情が、離縁した元の夫、大陸放浪者として満州に向かう「野武士」へのものか、戦場に行く「久一さん」に対するものか、思考の間隙を作る。

那美さんは茫然《ぼうぜん》として、行く汽車を見送る。其茫然のうちには不思議にも今迄かつて見た事のない「憐《あわ》れ」が一面に浮いている。

「それだ！　それだ！　それが出れば画《え》になりますよ」

と余は那美さんの肩を叩《たた》きながら小声に云った。余が胸中の画面は此咄嗟《このとっさ》の際《さい》に成就したのである。（3/171）

と書かれて、『草枕』は終わる。

「非人情」を謳いあげながら、最後は「憐れ」という、人間として最も必要とされる情愛、「人情」で収めることになる。那美の「憐れ」が「久一さん」に対するものだけで終わるなら、反戦的意味はあまりにも明瞭。元の夫への憐憫《れんびん》が加わることによって、その「憐れ」の領域が広がり、反戦論者との批判を躱《かわ》すことにもなりえた。しかし、満州へ「御金を拾いに行くんだか、死にに行くんだか、分りません」と、那美に言わせた元の夫を、漱石が「野武士」と呼んでいたことも気になる。大陸浪人とか支那浪人と呼ばれ、当時対中国政策の、政府の秘密工作などに従事する国権論者が多くいた。「おさき真闇《まっくら》に盲《もう》動《どう》する」国家の手先になる人間への、「憐れ」「人情」をも漱石は、那美の表情から読み取らせようとしていたのかもしれない。

「維新の志士の如き烈しい精神で文学をやって見たい」

明治三十九年、『草枕』が発表された直後、翌十月二十六日に、漱石は鈴木三重吉に手紙を書いている。漱石に教訓を求める三重吉に対する返事で、じつはこの日すでに一通、三重吉への手紙を出している。そこでは、「僕の教訓なんて、飛んでもない事だ」「僕は僕一人の生活をやっているので人に手本を示しているのではない」とにべもない。けれども思いなおしたのだろう、二通目の手紙はこう始まる。

只一つ君に教訓したき事がある。是は僕から教えてもらって決して損のない事である。

以下、少し長いが全文を読んでみよう。

僕は小供のうちから青年になる迄世の中は結構なものと思っていた。旨いものが食えると思っていた。綺麗な着物がきられると思っていた。詩的に生活が出来てうつくしい細君がもてて。うつくしい家庭が［出］来ると思っていた。

もし出来なければどうかして得たいと思っていた。換言すれば是等の反対を出来る丈《だけ》避け様としていた。然る所世の中に居るうちはどこをどう避けてもそんな所はない。世の中は自己の想像とは全く正反対の現象でうずまっている。そこで吾人の世に立つ所はキタナイ者でも、不愉快なものでも、イヤなものでも一切避けぬ否進んで其内へ飛び込まなければ何にも出来ぬという事である。

只きれいにうつくしく暮らす即ち詩人的にくらすという事は生活の意義の何分一か知らぬが矢張り極めて僅小な部分かと思う。で草枕の様な主人公ではいけない。あれもいいが矢張り今の世界に生存して自分のよい所を通そうとするにはどうしてもイブセン流に出なくてはいけない。

此点からいうと単に美的な文字は昔の学者が冷評した如く閑文字に帰着する。俳句趣味は此閑文字の中に逍遥して喜んで居る。然し大なる世の中はかかる小天地に寐ころんで居る様では到底動かせない。然も大に動かさざるべからざる敵が前後左右にある。苟《いやしく》も文学を以て生命とするものならば単に美という丈では満足が出来ない。丁度維新の志士勤王家が困苦をなめた様な了見にならなくては駄目だろうと思う。間違ったら神経衰弱でも気違でも入牢でも何でもする了見でなくては文学者になれまいと思う。文学者はノンキに、超然と、ウックシがって世間と相遠かる様な小天地ばかりに居ればそれぎりだが 大きな世界に出れば只愉快を得る為めだ抔《など》とは云うて居られぬ 進んで苦痛を求める為めでなくてはなるまいと思う。

君の趣味から云うとオイラン憂い式でつまり。自分のウックシイと思う事ばかりかいて、それで文学者だと澄まして居る様になりはせぬかと思う。現実世界は無論そうはゆかぬ。文学世界も亦そう許《ばか》りではゆくまい。かの俳句連虚子でも四方太でも此点に於ては丸で別世界の人間である。あんなの許りが文学者ではつまらない。というて普通の小説家はあの通りである。僕は一面に於て俳諧的文学に出入すると同時に一面に於て死ぬか生きるか、命のやりとりをする様な維新の志士の如き烈しい精神で文学をやって見たい。それでないと何だか難をすてて易につき劇を厭うて閑に走る所謂腰抜文学者の様な気がしてならん。

破戒にとるべき所はないが只此点に於テ他をぬく事数等であると思う。然し破戒ハ未ダシ。三重吉先生破戒以上の作ヲドンドン出シ玉エ　以上　（22/605-06）

『草枕』は、漱石を維新の志士の如き文学として読みなおすことを要求している。

終章

「余が『草枕』」の言葉、「私の『草枕』は、〔中略〕唯一種の感じ――美しい感じが読者の頭に残りさえすればよい」とは、まったくの反語だというわけではない。漱石が理想とする世界の提示、現実と対比される桃源郷を、人々の胸中に想起させようとすることはその狙いの一つだった。それは煎茶の歴史がはぐくんできた、脱俗、清風の理念を含んでいる。しかし、『草枕』に読みとれるのはそればかりではない。そこには、漱石の思想、漱石の核となる歴史哲学が普遍のものとして存在している。『草枕』執筆の翌年、漱石は、きわめて信念に満ちた、内容激烈と評してもよい『文芸の哲学的基礎』を書き上げている。東京美術学校文学会の開会式での講演速記に手を加え、二倍くらいにしたものである。至極当然の、しかし非常に奥の深い、漱石の哲理がそこには刻まれている。

漱石は言う、「理想とは何でもない。如何にして生存するが尤《もっと》もよきかの問題に対して与えたる答案」であり、「皆いかにして存在せんかの生活問題から割り出したものに過ぎません」。

そして「これを纏《まと》めて一口に云うと吾人は生きたいと云う傾向を有《も》っている〔中略〕。此傾向からして選択が出る。此選択から理想が出る。すると今迄は只生きればいいと云う傾向が発展して、ある特別の意義を有する命が欲しくなる」「そうしてこの理想を実現するのを、人生に触れると申します」（16/76）と明言する。「万人はことごとく生死の大問題より出立する」（『虞美人草』）のである。

漱石は、社会を、国家を、権力者の行動の善悪を裁定する指標に、人間の「生死の大問題」、つまり「生命」を根底に置いた。私ごとになるが、歴史を専攻していた学生時代、アルフレッド・スターンの『歴史哲学と価値の問題』（細谷貞雄他訳）を読み、強い影響を受けたことを思い出す。今回、漱石の歴史哲学的な一書を読み、そのあまりにも類似した内容に驚かされた。「歴史の過程において変化せず、さまざまな文化や階級を通じていつも同一であった価値判断がある。それはすなわち、生命と健康の積極的価値と、苦悩と死の否定的価値の承認である。このような変わらぬ価値判断がないとすれば、歴史は存在しない」とスターンは言う。それは「超歴史的な現象として超歴史的な要請にもとづいている」、そして「その要請とは、生命と健康が積極的な価値で、苦悩と死が否定的な価値であり、そして人生は最小限の苦悩と最大限の衝動満足をもっていきられるべき」であるというのである。

漱石の歴史評価の価値判断の根底にあるもの、その思想の原点には、まさに「生命と健康の積極的価値と、苦悩と死の否定的価値」がある。漱石の作品には、そこに立脚した理想が描かれ、その理想に向かって突き進む姿がある。自明な結論と聞こえるかもしれないが、「この意識の連続を称して俗に命《いのち》と云うのであります」（『文芸の哲学的基礎』）。古代の聖人以来、つねにこの命の最善のありようへの腐心がある。そしてこのきわめて分かりよい理想実現のために、漱石のすべての言動は収斂している。

国家も、政治権力者のありようも、学問も芸術も、漱石にとって、この根源的内容、「生命」に照らして評価が下され、それが、徳義、善悪の価値判断の指標とされる。「戦争」自体が、自然な「生命」の、自然な歩みに対する否定的な行為である限り、そこにいかなる理由が付されようとも、許容されるものではない。それは普遍的な悪徳と漱石は見ていた。しかし、明治憲法下、厳しい検閲のうえに、つねに行動を監視されていた漱石には、自らの思想を堂々と開陳し、白刃を閃かせて一刀両断に切り捨てるような短絡的な行動をとることはできず、作品の中に、百年後、一歩でも理想に近づいていてほしいとの願いとともに、その理念を埋めこんだ。

「これを纏《まと》めて一口に云うと吾人は生きたいと云う傾向をもっている。(意識には連続的傾向があると云う方が明確かも知れぬが)この傾向からして選択が出る。この選択から理想が出る。すると今まではただ生きればいいと云う傾向が発展して、ある特別の意義を有する命が欲しくなる」(前出)。

しかし、「新しい理想か、深い理想か、広い理想があって、これを世の中に実現しようと思っても、世の中が馬鹿でこれを実現させない時に、技巧は始めてこの人のため至大な用をなす」。だから「文芸に在って技巧は大切なもの」なのである。「技巧がなければせっかくの思想も、気の毒な事に、さほどな利目《ききめ》が出て来ない」。こうして「知、情、意」の「三つを兼ねて、完全なる技巧によりてこれを実現する人を、理想的文芸家、すなわち文芸の聖人」(『文芸の哲学的基礎』)というのである。そもそも「人生《ライフ》其のものからして、ツマリは技巧なのであります。況んや其の人間の作物たる文学に、技巧を排する抔と云うことは、到底謂われの無いことになりましょう」(「俳句と外国文学」)とは、『草枕』執筆以前の言葉である。

それだけに、繰り返すようだが、漱石が自ら語った「余が『草枕』」で述べている内容を、額面どおり受け取ってすませばよいとは思えない。「要するに汚ないことや不愉快なことは一切避けて、唯美しい感じを覚えさせせさえすればよいのである」と断言する漱石だが、そこには漱石の「技巧」が隠されており、そこを素通りしていては、「二十世紀の小説の最高傑作の一つ」との評価も空転する。

『草枕』には、あまりにも多くの、漱石の理想、思想が秘められている。時には、「仮面」とでもいうような厄介なものの裏に隠されていたり、文字どおりの「美しい感じ」や「人生の苦を忘れて、慰藉《いしゃ》」されるような詩文の中に潜《ひそ》められていることもあろう。しかしそのなかで、もっとも重要な位置を占めているのが、「煎茶」の世界とその精神であるいる」と理解していただきたい。これは決して私の独断と偏見によるものではなく、漱石が「そう言わしめていると言いたい。

「後世ノjudgment［思慮・批評］ハ公平だと云っテ事蹟ガ湮滅スレバjudgeシヤウガナイ。又後世ハ（公平ナ代リニハ）冷淡ナモノデアル。湮滅シタ事蹟ヲ誰ガ物数寄ニ掘出ソウゾ」。漱石の嘆声である。『草枕』は湮滅していない。だから公平なjudgementは百年後の私たちの責務である。そしてそのためには、漱石を社会的な事象から隔離するような旧習から私たちは脱するべきである。

付記

著者の小川後楽氏は、二〇一六年九月十九日、肺癌のために亡くなられた。闘病中も、この本の原稿の手入れに熱心に取り組まれていた。残された仕事は、引用の典拠など、細かな整理で、これについては編集部が補った。二〇一四年秋に、小川流の煎茶席にまじって、ほんとうに驚嘆するおいしさの、量の少ないこともじつに印象深いお茶をいただき、そのあと、漱石と煎茶をテーマとするこの本の企画についておうかがいした。この本の刊行のお手伝いが、すこしでも、そのお茶への返礼になることを願う。

平凡社新書編集部

【著者】
小川後楽（おがわ　こうらく）
煎茶家（小川流煎茶６代目家元）。1940年京都生まれ。立命館大学文学部日本史学科卒業。専攻、日本近世思想史。京都造形芸術大学教授を務めた。2016年９月歿。著書に、『煎茶への招待』（NHKライブラリー）、『煎茶入門』（淡交社）、『茶の精神をたずねて』（平凡社）など、楢林忠男名義で、『文人への照射――丈山・淇園・竹田』（淡交社）、『碧山への夢――煎茶に魅せられた人々』（講談社）などがある。

平凡社新書８２３

漱石と煎茶

発行日――2017年１月13日　初版第１刷

著者――小川後楽
発行者――西田裕一
発行所――株式会社平凡社
東京都千代田区神田神保町3-29　〒101-0051
電話　東京（03）3230-6580［編集］
東京（03）3230-6573［営業］
振替　00180-0-29639
印刷・製本―図書印刷株式会社
装幀――菊地信義

ISBN978-4-582-85823-5
NDC 分類番号910.26　新書判（17.2cm）　総ページ232
平凡社ホームページ　http://www.heibonsha.co.jp/